# NEBLINA

*Adalgisa Nery*

# ADALGISA NERY

# NEBLINA

Curadoria e organização
RAMON NUNES MELLO

2ª edição

Rio de Janeiro, 2016

Copyright © Herdeiros de Adalgisa Nery, 2016.

Citações na quarta capa retiradas de bilhetes para Adalgisa Nery. Arquivo-Museu de Literatura Brasileira da Fundação Casa de Rui Barbosa.

*Capa*
Estudio Insólito

1ª edição, José Olympio, 1972.

CIP-BRASIL. CATALOGAÇÃO NA FONTE
SINDICATO NACIONAL DOS EDITORES DE LIVROS, RJ

N369n
2ª ed.

Nery, Adalgisa, 1905-1980
 Neblina / Adalgisa Nery; organização Ramon Nunes de Mello. – 2ª ed. – Rio de Janeiro: José Olympio, 2016.

ISBN 978-85-03-01267-6

1. Romance brasileiro. I. Mello, Ramon Nunes de. II. Título.

15-24680

CDD: 869.93
CDU: 821.134.3(81)-3

Este livro foi revisado segundo o novo Acordo Ortográfico da Língua Portuguesa.

Todos os direitos reservados. Proibida a reprodução, armazenamento ou transmissão de partes deste livro, através de quaisquer meios, sem prévia autorização por escrito.

Reservam-se os direitos desta tradução à
EDITORA JOSÉ OLYMPIO LTDA.
Rua Argentina, 171 – 3º andar – São Cristóvão
20921-380 – Rio de Janeiro, RJ
Tel.: (21) 2585-2060

Seja um leitor preferencial Record.
Cadastre-se e receba informações sobre nossos lançamentos e promoções.

ISBN 978-85-03-01267-6

Impresso no Brasil
2016

Para a desconhecida figura humana
de Flávio Cavalcanti.

# SOB A NEBLINA: A NARRATIVA ESSENCIALISTA DE ADALGISA NERY

*"Tudo era mudo e nessa mudez recebi o mistério dos grandes elementos da vida e da morte".*

Neblina *(1972), de Adalgisa Nery*

Adalgisa Nery (1905–1980) atuou em áreas tradicionalmente masculinas ao longo de sua trajetória: poeta, escritora, jornalista e política. Casou-se cedo, aos 16 anos com o pintor Ismael Nery, um dos participantes do modernismo brasileiro, convivendo inclusive com escritores, intelectuais e artistas em sua casa: Antônio Bento, Jorge de Lima, Manuel Bandeira, Mario Pedrosa, Murilo Mendes e Pedro Nava — todos homens.

A estreia literária de Adalgisa ocorreu somente em 1937 com o livro *Poemas*, três anos após a morte de Ismael, por incentivo de Murilo Mendes. Quando decide escrever romances, Adalgisa já havia publicado outros livros de poemas — *A mulher ausente* (1940), *Ar do deserto* (1943), *Cantos de Angústia* (1948) e *As fronteiras da quarta dimensão* (1952) —, além de ter se arriscado na prosa com a publicação de livros de contos, como *Og* (1943).

Ao publicar seu segundo romance e penúltimo livro, *Neblina*, em 1972 (mesmo ano da edição do livro de contos *22 contos menos 1*), Adalgisa Nery já havia se casado pela segunda vez — com Lourival Fontes — publicado seu primeiro romance autobiográfico, *A Imaginária* (1959) e desfrutado do sucesso editorial e crítico pela estreia em narrativa longa. Na ocasião do lançamento de *Neblina*, amargava o fim de sua carreira jornalística no jornal *Ultima Hora* com a coluna Retrato Sem Retoque e a cassação do seu terceiro mandato de deputada da Guanabara (PTB, PSBe MDB) pelo golpe Militar de 1964.

Diante dessas circunstâncias, Adalgisa Nery publicou *Neblina*, dedicando "a desconhecida figura humana de Flávio Cavalcanti" (1923–1983), jornalista e apresentador de TV conhecido como "dedo duro" da Ditadura. A dedicatória ao amigo que a acolheu no final da vida quando estava sem recursos financeiros, em sua casa em Petrópolis, dificultou a receptividade do livro, levando até mesmo a um "silenciamento" sobre a obra.

Entretanto, recebeu elogios importantes, como é possível encontrar no acervo da autora no Arquivo

Museu de Literatura Brasileira da Fundação Casa de Rui Barbosa, através de cartas trocadas com autores consagrados, como o poeta Carlos Drummond de Andrade que acompanhava sua produção poética e ficcional com interesse:

*Querida Adalgisa,*

*Só para mandar-lhe uma palavra sobre* Neblina, *que você me ofereceu com o carinho de sempre. Esta palavra é de emoção pelo que há em seu livro de mergulho mais íntimo do ser. Através de uma hábil composição literária, que capta os mistérios da nobre psicologia e os apresenta numa atmosfera de sonho lúcido, que assim posso dizer. É desses livros diferentes, que não se esgotam com a leitura. O abraço agradecido e o velho bem querer, Carlos.*

Ou ainda palavras de incentivo de um escritor de um estilo bem diferente do seu, mais intimista e biográfico, como Jorge Amado:

*Querida Adalgisa,*

*Estou na maior falta com você porque ainda não lhe agradeci o exemplar de* Neblina *que me enviou. Eu estava enterrado no trabalho de um romance, o que não me impediu de ler seu livro com a paixão com que leio tanto a sua poesia quanto sua prosa. Não lhe encontrei foi tempo para lhe dizer como e quanto dele gostei, quanto ele me comoveu. Seus dois romances são belos e terríveis, não creio que ninguém possa ficar indiferente diante deles.* Neblina *reafirma a grande romancista de* A Imaginária. *Um abraço cordial do seu velho amigo e admirador, Jorge.*

Mas afinal o que há de tão diferente neste segundo romance de Adalgisa Nery?

*Neblina* apresenta ao leitor uma narrativa diferente do autobiográfico *A Imaginária*. Neste livro Adalgisa volta-se para dentro da personagem, construindo imagens surrealizantes, manifestando uma inclinação em crer na existência de um mundo invisível, sobrenatural, maravilhoso, mirando-se em reminiscências de estados anteriores, como pressentimento da essência de futuro. O romance começa com o fim: a morte da protagonista, que se enxerga no momento de sua passagem, na transição de consciência. Uma busca por si mesma, com personagem que enxerga através de uma neblina.

Lembrando que a neblina nada mais é do que uma nuvem em contato com o solo, um fenômeno comum em lugares frios, úmidos e elevados. Ou seja, o resultado da combinação de vapor de água com queda de temperatura, que por consequência embaça a paisagem e dificulta a visão. Utilizando-se dessa metáfora visual, a autora apresenta uma protagonista que enxerga de forma "embaçada" os seus familiares, que se apresentam frios e insensíveis ao silêncio e visão de mundo de uma mulher que dotada de tamanha sensibilidade, abdica das palavras — e que mesmo assim atrai interesse de desconhecidos.

É possível perceber o anseio da autora em penetrar na essência das coisas, traduzindo a forte sensibilidade da poeta, latente desde a infância como comprova sua biografia, que se arrisca na prosa sem deixar de lado a poesia das imagens. Especialmente em *Neblina* a sensibilidade está aliada à imaginação, criando uma narrativa de forte impacto:

> Lembrei-me da minha cabeça gêmea, quando afirmara que eu iria viver mistérios e descobrimentos guardados no universo. Voltei o olhar para trás e vi todas as paisagens marcantes na minha infância, as da minha adolescência, as da minha vida adulta. Todas elas tinham manchas de sujeiras, mas todas também possuíam tênues claridades em vários tons. Numa dessas paisagens, notei a marca acentuada da minha ignorância, sobre todas as formas da essência das coisas; o meu intenso desconhecimento de tudo que fala da qualidade de perceber as impressões da apercepção, pura, da apercepção originária. (p.34)

Percebe-se que Adalgisa, assim como no primeiro romance, permite-se ser atravessada pelos conflitos emocionais de sua biografia para criar uma autoficção. Entretanto, ao contrário do livro de estreia, a imaginação está mais em primeiro plano. O livro inicia, em sua primeira frase, com a lembrança de um futuro envolta no pensamento da protagonista, com uma espécie de "neblina": "A memória me vem como vibrações elétricas, apresentando fatos, trazendo cenas aquém e além de mim mesma". (p.23)

Um pensamento marcado por um constante diálogo interior, que surpreende até mesmo a personagem. Uma narrativa, que acontece em diferentes planos de consciência, lembra, em alguns momentos, os escritos de Clarice Lispector, como por exemplo em *A paixão segundo GH*. Adalgisa apresenta como eixo principal do livro o questionamento do ser, o "estar no mundo", caracterizado por um jogo de antítese marcado pelo "eu" e o "não eu", já notado (de forma distinta) na obra de Guimarães Rosa. Adalgisa apresenta o que o crítico e poeta Affonso Romano Sant'Anna identifica em Clarice como "ritual epifânico do texto": a linguagem passa a ser instrumento de construção e desconstrução de sentidos.

Na epifania construída por Adalgisa, uma mulher vê-se nascendo no futuro: "...cercada de formas estranhas, de vultos imprecisos, de elementos desconhecidos, desenhados com luzes de cores verde-roxo." (p.23). Esforçando-se para reconhecer "os rostos esfumaçados, de contornos fugidios" que desaparecem na neblina. O relato de uma experiência simples e cotidiana, o ato de acordar (ou seria mais adequada a palavra "despertar"?), que traz em si uma "revelação": o tempo é futuro. Ainda segundo Affonso Romano de Sant'Anna, trata-se de uma mudança de percepção, como um rito de passagem.

Na escrita de Adalgisa, o texto é ritualístico, livre de opostos, que revela sua condição de mundo através do fluxo de consciência. Há a abstração de tempo (e espaço): "Não sei se foi ontem, agora ou amanhã." (p. 24) A personagem depara-se com seu duplo, uma cabeça que também é sua, com sua própria voz. A fragmentação do ser é revelada, o tempo dilata-se intensificando a relação com o cosmos: "além-tempo". O racional não serve de auxílio para o entendimento de emoções extremas como uma "angústia pânica" que lhe aparece diante da relação do mistério, com o eterno, que lhe é de pertencimento.

Nesta narrativa, morte e futuro tomam o mesmo sentido, finalizando dualidades:

> Você já está em contato com a morte, ou melhor, com o futuro [...] Abrir-se-ão no infinito, uma a uma, as cenas desconhecidas para sua imaginação. A morte a fará nascer no futuro, sem perder a memória do passado [...] (p.27)

Assim, como sua biografia misturou-se a ficção, parece que no fim da vida a sua ficção integrou-se com sua biografia: curiosamente oito anos depois, em 1980, Adalgisa Nery morreu reclusa numa clínica geriátrica em Jacarepaguá, sem voz como a protagonista deste romance — como revelou a biógrafa Ana Arruda Callado no *livro Adalgisa Nery — muito amada e muito só* (1999).

A professora da Universidade do Porto, em Portugal, Joana Matos Frias no livro *O Erro de Hamlet — poesia e dialética em Murilo Mendes*, ao analisar a obra do poeta Murilo Mendes, contemporâneo e amigo de Ismael e Adalgisa, defende a ideia que "os formantes que regulam a lógica interna da poesia muriliana radicam, curiosamente, não em poetas ou movimentos literários, mas num sistema filosófico formulado pelo pintor Ismael Nery, a que Murilo Mendes, no livro *Recordações de Ismael Nery*, nomeou de Essencialismo:

> Ismael tinha apenas 25 ou 26 anos de idade e já seus próximos sabiam que havia construído um sistema filosófico muito original, apesar de não escrever. Era o Essencialismo, baseado na abstração do tempo e do espaço, na seleção e no cultivo dos elementos essenciais à existência, na redução do tempo à unidade, na evolução sobre si mesmo para descoberta do próprio essencial, na representação das noções permanentes que darão à arte a universalidade. (MENDES, 1995, p.65)

Levando em consideração a interseção entre Murilo e Ismael — com 13 anos de amizade profícua, de 1921 a 1934 — selada através do Essencialismo, enriquecendo a cultura brasileira pela busca poética, filosófica e religiosa, podemos afirmar que: a estética essencialista se aplica também a Adalgisa Nery, não somente ao livro *Neblina* mas em todos os seus textos de prosa e poesia. Neste pensamento essencialista, destacam-se quatro princípios apontados por Joana Matos Frias:

a universalidade da arte; a definição do artista-poeta como estabelecedor de relações, portanto, centro de convergência; o entendimento da obra ou do texto como lugar de conciliação de contrários; e a necessidade de abstração do espaço e do tempo. (FRIAS, 2002. p.68)

Sobre o pensamento de Ismael, Jorge Bularmaqui defende, no texto "Ismael Nery essencialista", que: "não é só uma percepção da vida pelos sentidos. A grande produção artística deixada por Ismael obedece a um conjunto filosófico gerado de um pensamento constantemente preocupado com o absoluto, o essencial e a unidade" — preocupação essa encontrada na obra de Adalgisa Nery, especialmente em *Neblina*.

O Essencialismo consiste num princípio estético e filosófico original de Ismael Nery, cuja pretensão é elevar as ideias a um plano Universal, baseado principalmente na abstração do espaço e do tempo e na seleção e cultivo dos elementos essenciais à existência. Para ele, o essencialista deve se manter na vida como se fosse o centro dela, e assim estabelecer a perfeita relação entre ideias e fatos.

Minha afirmação não é original, Bernardo Guadalupe S. L. Brandão no texto "Essencialismo de Ismael Nery", publicado no livro *Ismael Nery e Murilo Mendes: reflexos*, já afirmava a influência na obra de Adalgisa e de outros autores que com ele conviveram:

A influência do Essencialismo se estendeu para além da pintura e da poesia de Ismael Nery. Em mais de uma ocasião Murilo Mendes reconheceu a base essencialista de alguns de seus poemas. Percebe-se o uso dessa filosofia no primeiro romance *A Imaginária*, de Adalgisa Nery, bem como alguns poemas de Jorge de Lima, publicados no livro A Túnica Inconsútil... (BARBOSA; RODRIGUES — Org., 2008, p.48)

Propriamente no livro *Neblina*, identifica-se diversos trechos que estão permeados pelas ideias essencialistas de Ismael, como a abstração do espaço e tempo: "Eu era determinada e conduzida pela memória que não era a minha. Sentia-me fora do tempo, de todos os tempos, e igualmente dentro de todos os tempos." (p.131)

A estratégia de nomear o cônjuge de "o meu marido", utilizada em *A Imaginária*, também se repete em *Neblina*, o que de certa forma comprova a importância que a figura de Ismael Nery — sem juízo de valor — provocava na autora. Nesta narrativa quem se apresenta enferma, supersensível, sujeita a loucura, é a esposa e não o marido, a situação se inverte. Embora o egoísmo do marido permaneça retratado em ambas as histórias. Aqui a mulher é colocada pelo marido, com consentimento de seus familiares (pai, mãe e irmã), no quarto dos fundos da casa para desocupar o seu aposento para um casal de inquilinos.

O desprezo da família potencializa na personagem a vontade de deixar de viver: "Às vezes desejo morrer."

A mulher apresenta, para além do mutismo diante dos parentes, o sofrimento com o barulho que provoca imagens coloridas, um caso raro de hiperestesia:

> Por favor, fale mais baixo porque assim eu não escuto. Sofro de audição colorida. Os gritos, as gargalhadas, as vozes de timbre agudo deixam-me inteiramente surda e, mais do que isso, trazem-me visões fantásticas. (p.117)

O interesse da inquilina em conhecer o universo especial da mulher desprezada por seus pares, acaba provocando uma reviravolta inesperada: o diálogo. A atenção e o amor depositados convertem-se num processo de cura pela palavra. E a força das palavras da mulher é tão grande que a inquilina resolve convidar amigos — escritor, médico, engenheiro, por exemplo — para testemunhar a existência daquele ser que se recolheu para sobreviver a um ambiente tão hostil.

Enxergando a visitação, antes inexistente, como uma oportunidade de ascensão social, os familiares resolvem retirar a mulher do quarto dos fundos e colocá-la na sala. A decisão, inclusive elogiada pela inquilina, provoca reação adversa na mulher: "Faz diferença estar nessa sala ampla iluminada pelo sol se a escuridão interior é tão igual à que existe em qualquer lugar escuro?" (p.145)

A personagem é traduzida em beleza justamente por sua contradição. Pode-se dizer que essa "harmonia de contraste" — defendida por Heráclito, grande representante do pensamento dialético — faz da própria narrativa (a realidade do mundo) algo dinâmico, em permanente transformação, onde a lei fundamental do Universo é o devir, que significa contínuas transformações: tudo flui e nada fica como é.

Como se as contradições daquele inusitado encontro revelassem os mistérios, a sensibilidade e o sofrimento da alma humana. A mulher sentia como se não tivesse pensamento próprio, mas ligada a uma força que respondia a todas as indagações existenciais: "A memória que não era a minha ditava-me pensamentos acumulados em séculos do passado e nascidos no futuro sem depois." (p.159) Ela sente-se na "instabilidade do tempo", encontrando a paz na música, capaz de acalmar os conflitos e a sensibilidade através da melodia. O instrumento que representava a plenitude de uma conexão divina era flauta: "Dá-me a sensação de um pastor solitário entre as ovelhas, nas distantes montanhas, falando em música com o Senhor." (p.155)

Assim como na crônica do escritor sobre o espanto diante da estranha sabedoria e beleza da protagonista, Adalgisa Nery realiza neste livro um profundo mergulho ao "analisar o ser humano sempre ligado ao escuro de si mesmo, ao silêncio e à solidão, de ser humano à procura da luz que cada uma traz em si, sem saber o quanto essa luz é forte e inapagável na alma do homem." (p.174)

Ramon Nunes Mello

# REFERÊNCIAS BIBLIOGRÁFICAS

BARBOSA, Leila Maria Fonseca; RODRIGUES, Maria Timponi Pereira Rodrigues (Org.). *Ismael Nery e Murilo Mendes: reflexos*. Juiz de Fora: UFJF / MAMM, 2009.
CALLADO, Ana Arruda. *Adalgisa Nery: muito amada e muito só*. Rio de Janeiro: Relume-Dumará, 1999.
DE LIMA, Jorge. *Poesia Completa*. Rio de Janeiro: Nova Aguilar, 1958.
FRIAS, Joana Matos. *O erro de Hamlet – poesia e dialética em Murilo Mendes*. Rio de Janeiro: 7 Letras; Juiz de Fora: Centro de Estudos Murilo Mens – UFJF, 2002.
HERÁCLITO. *A arte e o pensamento de Heráclito*. Trad. Kahn, Charles. São Paulo: Paulus Editora, 2009.
LISPECTOR, Clarice. *A Paixão Segundo G.H.* Rio de Janeiro: Editora Rocco, 1964.
MELLO, Ramon Nunes. Adalgisa Nery, a musa de várias faces. *SaraivaConteúdo*, 24/6/2010 (originalmente publicado no Prosa & Verso, *O Globo* em19/06/2010).
MENDES, Murilo. *Poesia Completa e Prosa*. São Paulo: Nova Aguilar, 1994.
NERY, Adalgisa. *A Imaginária*. Rio de Janeiro: José Olympio, 1959 e 2015.

_____. *Arquivo Adalgisa Nery*. Rio de Janeiro: Edição Casa de Rui Barbosa.
_____. *Mundos Oscilantes — poesias completas*. Rio de Janeiro: José Olympio, 1962.
_____. *Neblina*. Rio de Janeiro: José Olympio, 1972.
SANT'ANNA, Affonso Romano de; COLASANTI, Marina. *Com Clarice*. São Paulo: Unesp, 2013.

# Neblina

A memória me vem como vibrações elétricas, apresentando fatos, trazendo cenas aquém e além de mim mesma. É um denso emaranhado de um passado secular, com um futuro que a minha imaginação não atinge.

    Vejo-me nascida no futuro, cercada de formas estranhas, de vultos imprecisos, de elementos desconhecidos, desenhados com luzes de cores verde-roxo. Por mais esforço que faça, não consigo reconhecer os rostos esfumaçados, de contornos fugidios, que se desmancham rapidamente como a neblina. As vozes parecem-me silvos intermináveis e, às vezes, tomam a agressividade dos ventos raivosos. Esta memória não é a minha. Fixa-me e desenvolve-me no futuro em que nasci, trazendo-me também, instantaneamente, à raiz de um passado que está aquém de mim, há milênios. Falo, mas, igualmente, a voz não é a minha. Não a reconheço e nem acompanha a direção do meu raciocínio. Surpreendo-me ao constatar que há, dentro de mim, um diálogo constante. Ouço coisas belas, narrativas misteriosas, ensinamentos científicos incompreensíveis, ruídos tenebrosos como o ronco do subsolo, debates e argumentos em choque e, ainda, perguntas para as quais essas vozes não admitem a minha interferência.

Não sei se foi ontem, agora ou amanhã. Senti no rosto um calor de febre escaldante, mas quando levantei a mão direita à minha face, verifiquei, com espanto, que o meu braço desmanchava-se em cinzas, enquanto o braço esquerdo se erguia, independente da minha vontade e a mão acariciava a minha fronte, marcando-a com um frio seco de corpo morto.

Eu fui? Eu serei? Tenho absoluta certeza de que não sou.

Nesse futuro incomensurável, vi-me deitada num enorme compartimento branco, semelhante a uma sala cirúrgica, onde só havia mãos esvoaçando pesadamente como morcegos. Um estalido e, imediatamente, uma claridade azulada, como a luz de gás néon, penetrou nas minhas veias, substituindo o meu sangue e iluminou-me o cérebro, tornando-o fosforescente. As mãos que esvoaçavam pousaram no meu corpo, apalpando-o cuidadosamente e, num determinado ponto escolhido, foi feita uma incisão. Das minhas carnes, a luz, que substituiu o sangue nas minhas veias, escorreu com tanta abundância, que iluminou o chão, transformando-o num infinito incandescente. De pronto, do meu ombro esquerdo, surgiu uma saliência que, em segundos, cresceu, tomando o volume e a forma de uma cabeça. Aos poucos, fui observando que tinha todas as características, todos os traços, do meu próprio rosto. Mostrava-se com aspecto sonolento e de olhos cerrados.

Surpreendentemente, a minha cabeça gêmea começou a falar, porém com a minha voz (dessa vez, reconheci o seu timbre). Entretanto, eu não entendi o que dizia. Assisti, sem nenhum temor, ao meu corpo ser retalhado — eu, que sempre tivera horror à autópsia. Dor, eu não sentia. E convenci-me de que alguma necessidade irremovível havia, para tal decisão. Não foi propriamente um impulso de coragem que me fez tranquila, mas a deliciosa transposição de responsabilidades para alguém, ou melhor, para as mãos que cortavam minuciosamente o meu corpo. Eu estava livre de responsabilidades e isso dava-me a cobertura de um grande alívio e a sensação de liberdade. Estranho é que, nesse instante da ausência da dor física, experimentei um suave amortecimento vindo dos meus pés e que, gradativamente, tomou todo o meu corpo. A única parte do meu organismo que apresentou reação foi o meu coração. Esperneou contra os ossos do meu peito e, por fim, saiu mansamente, como uma luz em forma de cometa com a sua cauda fulgurante. Eu acenei com a mão, num movimento de adeus para o meu coração que subia, deixando um rastro belíssimo de estrelas. Eu sentia as coisas, porém o meu corpo estava inteiramente abandonado.

Foi quando, do meu ombro esquerdo, ouvi a minha voz chamando por mim. Virei-me para a cabeça gêmea. Tinha a face pálida, músculos relaxados, cabelos escorridos sobre os olhos. Cobrindo-a, uma angústia pânica. Em pensamento, indaguei à minha cabeça gêmea quem era, o que ali fazia agarrada à minha omoplata. Com a minha voz, respondeu-me que era eu, a minha dupla. Constatei, então, que o meu pensamento estava vivo. Estando vivo o meu pensamento, decididamente eu não morrera. Procurei, em vão, o auxílio do raciocínio.

— O fato de você nunca haver notado a minha presença, justifica-se na sua constante rebeldia, recusando-se a admitir-me como parte de você mesma. Eu e você formamos o passado e o futuro trazidos em cada célula do seu corpo. Deste momento em diante, vamos viver no cósmico sem dimensão. Você irá conhecer e participar de acontecimentos que a esperam além do tempo e, durante essa viagem, irá também ver cenas que foram quase apagadas da memória dos seus mais remotos ancestrais. Você ficará centrada na única e verdadeira realidade, que possui dois planos iguais em condensação: o passado e o futuro. O presente tem a importância débil de servir de elo no processamento do que foi e do que será.

A minha cabeça gêmea silenciou. Eu não compreendi nada, mas tinha a certeza de que um fenômeno estranho se colava a mim. Passados alguns momentos, a minha dupla voltou a falar com a minha voz.

— O meu aspecto aflitivo é o seu e resulta da nossa intensa agonia, a agonia deixada por multidões e pousada num só espírito que serve a nós duas.

Permaneci sem compreender. Uma aterradora confusão sufocou a minha mente e eu perdi por momentos o raciocínio. Fui tomada de um pânico sem dimensões e vi muitos fachos de luz esverdeada cruzando-se dentro do meu cérebro. A minha cabeça gêmea continuou:

— Você já está em contato com a morte, ou melhor, com o futuro. E deve preparar-se para deslumbramentos e também para o grande pranto, um pranto que jamais experimentou, um pranto milenar, guardado numa só lágrima sumarenta de aflições em todas as gamas. Abrir-se-ão no infinito, uma a uma, as cenas desconhecidas para a sua imaginação. A morte a fará nascer no futuro, sem perder a memória do passado, que não é somente o seu, mas o de todas as criaturas já nascidas no universo. Todos os seus mais íntimos escuros abrir-se-ão como largas portas, até mesmo aqueles para os quais você mesma nunca permitiu a entrada do raciocínio.

A minha angústia, à medida que a minha dupla falava, tornava-se difícil de suportar.

— Os seus antagonismos, criados contra você própria, desaparecerão, para que você possa flutuar além e acima de indecisões, amarguras, silêncios e indiferenças.

Depois, a minha cabeça gêmea cerrou os olhos, pendeu a face sobre o meu ombro como à procura de repouso. Observei a sua exaustão. Da sua fronte brotava um suor prateado como o orvalho das madrugadas frias. Interpretei a sua conversa como se eu estivesse monologando. Não quis aceitar a realidade da presença da minha dupla. Novamente, entretanto, fui possuída da certeza de que eu não era eu. Sentia-me fragmentada em milhares de células. Desesperada, tentei juntá-las. Elas esvoaçavam como paina ao vento. Desamparada, verifiquei que eu era nebulosa.

A minha cabeça gêmea novamente ergueu-se e, com a minha voz, voltou a falar, mas então criticando minhas várias atitudes.

Senti que as minhas órbitas se voltavam para dentro de mim mesma e, com espanto, os meus olhos acompanhavam os diversos abalos no meu cérebro.

— Inúmeras vezes, você manifestou uma preferência especial pela sua irmã marginal. Sempre aceitei e até compreendi a necessidade dessa preferência. Muitas vezes, eu a vi em seus pressentimentos, nas suas maneiras incomuns de interpretar os fatos, no seu hábito de analisar, para procurar as razões dos acontecimentos, na maneira de ser indiferente às pequenas coisas, como se apenas as grandes existissem, ou se processassem independente das menores. Compreendi sempre as suas estranhas liberdades, inexplicáveis para os outros. Você verá, agora, os grandes enganos sobre si mesma e, principalmente, sobre a humanidade. Eu sei que no fundo você terminava os seus julgamentos com um largo sentimento de perdão. Tudo lhe parecia uma infantilidade generalizada. Até certo ponto, você estava certa. Mas, até certo ponto e não com a amplidão que você emprestava. Você lutou muito por uma coisa inexistente ou supremamente difícil de ser atingida por qualquer ser humano — Liberdade.

Muitas vezes, fiquei constrangida, ouvindo-a afirmar que era incondicionalmente livre. Você nunca foi livre, pois o fato de pensar e de procurar agir livremente implica em reaver a posse de si mesma, para plantar-se na pura duração do tempo. A liberdade é um conceito que devemos admitir, e admitir não traz o conteúdo de sempre, de irrestrito, mas de reserva. A própria vida é prisioneira da morte. Agora, ao atravessar o elo do presente para entrar no futuro, você verá que a liberdade, essa liberdade que tanto defendeu com convicção, é limitada ao menor, ao insignificante, porque ela é restrita à fugaz sobrevivência humana. E a sobrevivência humana é tão curta, que se perde em cada minuto da respiração. Nesse futuro, em que você acaba de nascer, verá que a importância está nas gerações que se sucedem e que formarão uma civilização. E você verá, nesse futuro, a realidade do progresso, da ciência, da superação de tudo que, afinal, hoje, nada mais é do que emperramento da mente dormida em séculos de sono profundo. No futuro infinito, você constatará quanto viveu em engano, em relação ao avanço dos tempos modernos. Verá com que doloroso primarismo interpretou os acontecimentos, as reações da humanidade e dos seus próprios atos. Você então situar-se-á como a primeira mulher nascida na densa ignorância que cobre o universo.

Acuada e confusa, ouvi as advertências e os ensinamentos da minha cabeça gêmea que, de olhos quase cerrados, insistia em monologar com a minha voz.

— Só existe uma liberdade válida e essa você jamais usou em seu próprio benefício: a de vigiar rigorosamente os seus instintos condenáveis, os seus impulsos reprováveis, a sua irrefreável vontade de destruir conceitos, preconceitos, e o infantil hábito de combater a má-fé na quase totalidade das criaturas. Ingênua foi você, em defender liberdades inconsistentes, em imaginar e em acreditar no progresso e no desenvolvimento do povo da sua geração, em glorificar o irreal. O seu grande erro foi o de pensar que pensava, que sabia alguma coisa e, até mesmo, que se conhecia.

Eu ouvia a minha cabeça gêmea falando com a minha voz. Permaneci imóvel, em brutal silêncio. Aflita, quis pedir-lhe para deixar-me sozinha comigo mesma. Porém, eu não sabia quem era eu. Não sabia se era *una* ou *divisível*. Em meio a essa pânica dúvida sobre mim mesma, vi-me cercada de multidões de elementos, em formas e cores diversas, cruzando-se desvairados, em desencontradas motivações. Desalentada, larguei-me na minha voz, como um emplastro, e reparei que transpirava luz por todos os meus poros.

Não sei quanto tempo, quantos séculos, quantos infinitos durou esse monólogo da minha dupla e também desconheço o que aconteceu com o meu corpo.

\* \* \*

Inesperadamente, uma força misteriosa convulsionou o meu pensamento com o terror e eu senti que estava morta. Flutuando no ar, como bolha de sabão, eu havia saído do meu corpo. Observei quando ajeitaram novamente as minhas mãos sobre o peito, quando desembaraçaram os meus cabelos pastosos. Não mais senti o desconforto que uma fita, ao amarrá-los, trazia à minha nuca. Afligiu-me o fato de ser e de não ser, dentro do mesmo instante. O meu corpo estava morto e eu o vi assim, mas o meu pensamento permanecia vivo e ativo.

Procuraram prender os meus cabelos para trás e eu quis pedir que os deixassem livres. Sempre entendi que o volume de uma cabeleira solta dá, a uma mulher deitada, um certo e fascinante encanto. Aos poucos, todos os sinais de cansaço e de pavor subterrâneo, que me faziam sofrer, desapareceram. Cobriu-me a sensação de um divino repouso. A vaidade ainda me tocou, ao ouvir os que estavam ao meu redor afirmarem surpresos o aspecto de suavidade e frescura de jovem, que resplandecia em minha face. Aceitavam-me como morta, mas desconheciam que o meu pensamento vivo esvoaçava na sala silenciosa.

Eu ouvia e interpretava todos os ruídos, penetrava no contorno de todas as formas, captava a fluidez de todos os sons e, principalmente, desvendava, com facilidade inacreditável, os pensamentos alheios. O mais penoso para mim era a instantânea penetração que eu possuía em todas as mentes. Antes mesmo de as pessoas receberem o sinal do nascimento dos seus próprios pensamentos, eu já os conhecia, em toda a extensão das suas motivações. Eu apreendia, com antecipação, das criaturas que cercavam o meu esquife, os desejos não formulados e os propósitos mais repelentes. Com uma luz muito especial, eu penetrava em cada cérebro, esmiuçando cada futuro. Isso trazia-me uma aflição sem medidas.

Pela fresta das minhas pestanas, o meu raciocínio seguia o movimento dos vivos e lia com clareza assustadora o íntimo de cada pessoa. Os seus cérebros abriam-se como grandes magnólias, mas, em alguns, exalava a fetidez dos esgotos.

Desprendida do meu corpo, saí da sala e fui ver a chuva caindo sobre os canteiros do jardim, sobre as telhas das casas e escorrendo nas vidraças. Acompanhei, com terna curiosidade, os fios de água lavando as árvores e, depois, sobre o rosto da minha alma. Formei com as mãos duas conchas e recolhi, com devotamento, a chuva que se derramava sobre a cidade.

Voltei ao meu esquife ainda sentindo o repousante gotejar da chuva e isso levou-me a uma funda e imemorial melancolia. O vento inquieto entrou na sala, acariciou os meus cabelos, tocou levemente nas flores que cobriam o meu corpo morto.

Longe, muito ao longe, ouvi passos que se aproximavam. Inesperadamente, como um pássaro que pousa mansamente num galho, vi ao meu lado uma mulher. Parte do seu corpo apresentava uma luminosidade rara, enquanto que a outra parte se mostrava negra e deformada por chagas repelentes. Por causar-me sufocadora aflição, pedi à recém-chegada que saísse da minha presença. A visitante sorriu, tocou a minha face com os seus dedos leves e, sem ruído, saiu no rastro do vento. Ainda não bem recuperada da aflição, ouvi, chegando da porta principal, o rouco farejar de um cão. De início, o barulho era quase imperceptível. Vi quando os meus ouvidos desprenderam-se da minha cabeça, saindo à procura do estranho ruído e, depois, senti quando voltaram mansamente aos seus lugares. Assustada com o farejar crescente, abri a fresta das minhas pestanas e reconheci a forma de um grande cão de cor cinza, de focinho semelhante ao de uma anta, coberto de pelos duros e com olhos brancos. Encaminhou-se mais para o meu esquife e, num salto rápido, colocou-se ao meu lado. Recebi a sua respiração ofegante e a sua baba gosmenta no meu rosto, ao encostar a sua cabeça no meu ombro. Quando o pavor liberou o movimento dos meus olhos, sob as pestanas, verifiquei que as patas do cão eram pernas de homem. Logo depois, o cão dissolveu-se em neblina, que pousou numa cadeira perto do meu esquife. Em seguida, a neblina levantou-se e iniciou uma fala em tom de ladainha. Ao terminar, saiu vagarosamente pela janela, atravessando a chuva. O pesado silêncio anulou todos os movimentos e até o meu pensamento. Teriam se passado séculos ou curtos instantes? Estava eu impossibilitada de medir o tempo. Comecei a sofrer um desmedido cansaço, novamente. Senti-me só e abandonada, como a primeira pedra na formação do universo.

Eu estava morta, porém surgiu repentinamente em mim, depois da sensação de abandono, uma irrefreável e violenta vontade de viver. Estremeci em convulsão, na luta com o passado e o futuro e na reconquista das minhas afirmações. As minhas afirmações apareceram como um fio sutil, numa planície sem fim. Notei a preocupação dos vivos no cruzamento das minhas mãos e, novamente, arrumaram os meus dedos, cuidando que cada um ficasse perfeitamente enlaçado no outro, como o tecido do fundo de um cesto. Tentei comunicar-me com as pessoas que me circundavam, mas foi um esforço perdido. Senti o meu rosto distender-se lentamente, tomando a placidez de adolescente e, com isso, ouvi uma belíssima canção tocada por muitas flautas, vindas das montanhas distantes. Estranhei que a canção tivesse a forma de guirlandas de flores coloridas, ondulando no espaço.

Levantei-me e, esfumaçada, passei entre as pessoas. Envolvi-me nas pétalas das flores que cobriam o meu corpo inerte e tentei pousar na chama dos círios. Entrava eu no futuro interminável, sem fronteiras, sem restrições e dúvidas. Eu começava a atravessar acontecimentos inimaginados. Desviei o olhar para o chão e vi cenas de um passado secular caídas como pássaros mortos. Lembrei-me da minha cabeça gêmea, quando afirmara que eu iria viver mistérios e descobrimentos guardados no universo. Voltei o olhar para trás e vi todas as paisagens marcantes na minha infância, as da minha adolescência e as da minha vida adulta. Todas elas tinham manchas de sujeira, mas todas também possuíam tênues claridades de vários tons. Numa dessas paisagens, notei a mancha acentuada da minha ignorância, sobre todas as formas da essência das coisas; o meu intenso desconhecimento de tudo que fala da qualidade de perceber as impressões da apercepção pura, da apercepção originária. Às minhas paisagens, somavam-se milhares e milhares de paisagens trazidas por outros, que, como eu, haviam entrado no futuro sem depois. Formavam todas uma tremenda escuridão, salpicada, às vezes, de luzes frágeis e ligeiras, como a de pirilampos. Essa escuridão imobilizada deu-me a certeza de uma cobertura no universo, como pesada nuvem anunciando um temporal bíblico. Não havia pássaros, nem flores, nem o odor de resinas. De quando em quando, o escuro deixava escapar sons desencontrados, como os de várias gargantas abertas em lamentações e sofrimentos. Procurei a companhia da minha cabeça gêmea e não a encontrei. Estava no estado de abandono de mim mesma. Reparei que a quantidade de matéria incomum, que formava o grande escuro, tinha a força de estender-se à distância. Não havia espaços intermediários, mas percebi que flutuavam movimentos de acontecimentos sem finalidades. Um denso mistério nas altas e grossas muralhas do escuro realizava a matemática das depurações, de acordo com uma distância maior, cada vez maior, anulando violentamente as experiências. Vi o mistério traçando números, quadrados, triângulos e cubos no escuro, como se estivesse processando ensinamentos num grandioso quadro-negro, a fim de proporcionar a forma mais acertada para permitir, antes da análise da verdade, o caminho do conhecimento das coisas com a qual seriam atingidos todos os ângulos exatos da exata verdade. Pareceu-me incompreensível a razão de a mim ser mostrada essa visão, mas, instantaneamente, reparei que o grande escuro se diluía e todos os acontecimentos começaram a ser filtrados por uma imensa peneira redonda, agitada e balançada por duas grandes mãos incandescentes. O escuro tornou-se poeira fina, que o vento se encarregava de levar para escolhido e determinado lugar oculto. Terminada a tarefa de peneirar o escuro, as mãos voaram para oceanos novos, lavando-se nas suas águas espumantes. Senti que estava sendo adaptada à visão universal, com os ensinamentos do mistério mostrados matematicamente nas paredes do escuro. O meu espírito recolheu levezas novas, recebi o perfume de novas flores, de resinas de novas florestas e o ruflar de novas asas de grandes e pequenos pássaros. Senti o meu descobrimento na substância superior da minha mente. Fui, então, por mim mesma, apresentada à minha alma, que em vida eu julgara erroneamente, como participante do meu corpo e não como atuante força de precisão absoluta para atingir o amor em todas as suas transições do conhecimento maior, que desce do mais alto para o mais baixo de todas as coisas, de todas as vontades, e de todos os raciocínios e pensamentos.

O infinito cobriu-se de luzes coloridas, entoando a canção nascida da alegria emprenhada pelas novas raízes das florestas, pelos novos rios abastecidos em novas nascentes, pelas adolescentes estrelas que formavam um extenso campo de repouso.

Absorvida pelo grandioso espetáculo estava, quando ouvi a minha cabeça gêmea:

— Essa visão, de início um tanto confusa para você, significa a preparação para o total recolhimento ao Eterno. É a fase de elaboração nas profundidades obscuras do seu espírito, até atingir a claridade idimensional. Dez vidas terrenas que você vivesse não bastariam para o seu espírito atingir as maravilhas que o Eterno guarda.

Senti que era levada, com doçura jamais experimentada, nos braços do vento iluminado.

\* \* \*

Ele aproximou-se do meu esquife e recordei os dias em que o conheci. Homem forte e jovem. Tinha o poder da comunicação humana. Integrava-se às crianças, aos adolescentes, aos adultos e velhos, de uma forma especial.

Participava de todo e qualquer estado de espírito, como se cada um em particular fosse o da sua preferência. Contava lendas fantásticas, falava sobre instrumentos científicos, que só apareceriam com o avanço de vários séculos, de um povo de cor verde, que guardava toda a sabedoria do passado e a que iria nascer. Narrava coisas fantásticas sobre o cavaleiro de fogo ou sobre a deslumbrante virgem, amiga da estrela-d'alva. Possuía uma festiva imaginação. As suas narrativas variavam sempre e incluía ele, nas suas histórias, os acontecimentos do dia, transformando os circunstantes em personagens vivas das suas lendas. Lembrei-me que, muitas vezes, senti-me magoada pelo fato de nunca ele me haver incluído nas suas narrativas fantásticas. Ao reclamar por essa omissão, recebia o seu olhar de reprovação e o cordial pedido de não o interromper.

Morta, relembro agora, com infinita ternura, estas cenas.

Ao meu lado, ele permanecia silencioso, olhando-me dentro do esquife. Senti a mesma emoção que me dominara no nosso primeiro encontro. Curiosamente, vi que a mesma emoção o dominava e as mesmas recordações fluíam no seu pensamento. Eu o observava através das minhas pestanas. Estava com os cabelos grisalhos, o olhar menos vivo e alegre e dois sulcos profundos marcavam o seu rosto.

Mas, ontem, antes da minha morte, a sua aparência não era essa e sim a de um homem jovem. Quantos anos teria o ontem? Depois de fitar demoradamente a minha face transparente e fria, o seu olhar percorreu todo o meu corpo, como se recolhesse as minhas formas ainda não desaguadas. Eu senti uma vida diferente refluindo-me à superfície. Sabia-me dentro do caixão, ouvindo o estalido dos círios ardentes, sentia a eternidade da morte procriando a vida em todos os silêncios. Notava, de instante a instante, as pessoas olhando rapidamente para mim ou amontoando-se nos cantos da sala.

Num determinado momento, ele foi sentar-se junto à minha irmã, segurando-lhe as mãos. Todos aceitaram o gesto como solidariedade de cunhado. Mas eu estava morta, liberta do tempo e dentro do futuro que os outros não conheciam e, com facilidade, vi que não havia essa ingênua solidariedade de cunhado. Eu não possuía as mesmas medidas dos vivos e constatei, claramente e de imediato, as mútuas ternuras ainda não bem-nascidas em ambos. Eles, porém, ignoravam os rumos dos seus subterrâneos. Eu não tive ciúmes. Do meu esquife, continuei a observar os amigos. Uns, com carinho fraterno, passavam a mão sobre a minha cabeça. Eu sentia, em profundidade, a pureza do gesto de cada um e também o pensamento aviltado de alguns. E ninguém me temia por devassar, espectralmente, o íntimo de todos eles ali presentes.

Novamente, ele chegou-se para o meu lado. Olhou-me fixamente e deixou abrir a porta do seu pensamento. Notei quando o seu peito estremeceu, quando sentiu agudos remorsos pelo tempo em que me deixou passar sem saber que eu era a sua alma, a sua nobreza e a sua paz. Fechou, rapidamente, os olhos, como que tomado de horror pelo seu próprio pensamento. Implorei-lhe que abrisse os olhos, que não se escondesse inutilmente de mim. Como se atendesse às minhas súplicas, ele deixou cair novamente o seu olhar sobre a minha cabeça, com uma ternura que só os mortos recebem dos vivos. Receoso aproximou-se um pouco mais do meu corpo e tocou nos meus lábios, como que para certificar-se de que a minha boca estava definitivamente muda. Ele ouvira a minha voz, mas não sabia que a linguagem dos mortos é inacessível aos vivos. Observei quando se encaminhou para o fundo da sala e procurou nos bolsos alguma coisa. Depois, chegou-se à luz dos círios e fixou atentamente o que tinha nas mãos. Era o meu retrato. E passaram, na sua mente, as lembranças e os arrependimentos. Só uma morta conhece o peso do sofrimento que um corpo vivo carrega a cada minuto da sua existência com arrependimentos. Vi passarem, atrás dos seus olhos, as minhas lágrimas, as minhas angústias causadas por ele. Naquele retrato preso às suas mãos eu deixara fragmentos de beleza e de comunicação. Voltou-se para mim, segurou os meus dedos gelados, dizendo-me com o pensamento: "Levanta-te e vem comigo, como nas noites em que te abracei em silêncio e... carregando-te para o jardim, sob as estrelas, te possuí como coisa proibida."

Um impulso misterioso arrebatava-me, mas o meu corpo continuava hirto. Tentei novamente seguir a sua chamada, porém as minhas carnes estavam sob várias e intransponíveis camadas de peso extraterreno. Fatigada pelo desmedido esforço de levantar-me em vão, quis chorar, mas a fonte, na qual tantas vezes prosternei-me em desconsolo, havia secado e o sinal de aceitação do seu chamado não podia ser transmitido. Ele esperava um estremecimento na minha face transparente, mas eu não podia segui-lo. E pensei: "Por que agora, a uma morta, queria ele impor o seu amor?" Naquele momento, o seu sentimento era confidencial, escondido em mim para ser levado ao túmulo e enterrado com o meu corpo. Procurei subtrair dos meus pensamentos de morta as minhas queixas e ressentimentos, porém, de repente, concluí que eram justamente os seus defeitos marcantes que me haviam atraído. Fora essa a maneira segura de possuí-lo, amando esse ângulo do seu caráter que todos desprezavam. O seu pensamento continuava a falar. Eu ouvia as suas confidências e o seu desespero diante do imponderável. Vi que jamais ele havia penetrado na sua própria intimidade. A rigidez do meu corpo trouxe-lhe a revelação da sua verdade. O contato com uma morta lhe despertara a sua própria vida. Era tarde, muito tarde para ajudá-lo na sua aflição. Aproximou-se do meu ouvido e, espantado, confessou-me que nunca eu lhe parecera inconformada com o seu comportamento, nem deprimida com as suas omissões. E que, às vezes, ele surpreendia-me olhando-o demoradamente em silêncio, como se eu estivesse perguntando algo ou queixando dos seus atos inexplicáveis. Mas isso, dizia o seu pensamento, não passava de uma suposição. Parecia, dizia ele, que eu o olhava pela primeira vez e, em muitas outras, esse modo silencioso de fitá-lo trazia-lhe um grande constrangimento, que ele disfarçava contando fatos sem importância, com a intenção de não permitir que eu falasse. O seu pensamento confessava-se a uma morta.

Agora, ele não queria afastar-se do meu lado. As suas confidências desesperadas tiravam-me a paz que cobre os mortos e comecei a sentir o regresso das antigas inquietações. O amor que eu procurara em vida surgia agora, perturbando-me com promessas que eu não mais podia aceitar. Inesperadamente, fez ele um gesto sem indicação de motivos e eu esperei o reflexo da sua alma para entendê-lo. Senti apenas um silêncio escuro. Nem os mortos sabem para onde vão os gestos partidos que ficam no ar à espera de uma razão ainda não concebida.

Vi quando ele deixou cair o olhar nos meus seios, vi sua memória cobrindo o meu ventre e estremeci diante da sua volúpia mostrada em várias gamas. Refeito da emoção da lembrança, afastou-se para um canto da sala. Minha irmã, que o observava sem interrupção, aproximou-se dele e descansou o braço sobre o seu ombro. Talvez o meu pensamento o tivesse tocado — ele virou-se repentinamente para mim, como que tomado do receio de haver sido eu a primeira testemunha daquele amor nascente e ainda não percebido pelos dois. Tornou-se aflito, inquieto e constrangido por uma profanação que somente eu percebera. Afastou-se cuidadosamente da minha irmã e permaneceu no fundo da sala penumbrosa, como uma criança assustada. Serenamente, consenti essa fuga. Uma vez por outra, ele me fitava, esperando uma reprovação. Para deixá-lo tranquilo, desviei a nesga dos meus olhos para os meus pés. Estavam feios, levantados no extremo do caixão, como coisa independente do meu corpo. Em vida, os pés e as mãos das pessoas, e os meus próprios, sempre me causaram uma estranha forma de análise. Para mim, anunciavam a qualidade dos caracteres. Possuía aversão aos homens de pés pequenos e mãos curtas. Olhando para os meus pés, procurei certificar-me se aquele vício incomum de analisar esses detalhes ainda permanecia. Ouvi os meus pés pesarosos desculpando-se de não mais prestarem auxílio às minhas fugas, inclusive de levarem-me à sepultura. Compreendi. Falavam tão carinhosamente, desculpavam-se com tanta humildade, que me espantei ao saber que os meus pés também possuíam pensamento. Agora, eu vencia as distâncias, conhecia todos os caminhos secretos, difíceis e não pisados. Aceitaram as minhas razões e se aquietaram novamente unidos. Olhei para as minhas mãos. Pareciam sofrer. Nada disseram. Permaneciam numa postura soberba.

Impaciente com a imobilidade do meu corpo, enquanto o meu pensamento penetrava em todos os cérebros, conhecia todas as intenções, tentei agarrar-me aos braços dele, que voltara para junto do meu esquife. Quis pedir que me levasse, mas essa vontade esfacelou-se rapidamente. Um desalento desmedido apoderou-se de mim e um cansaço, com a força do eterno, cobriu o meu espírito. Percebi também que as minhas formas diluíam-se e as vozes lentamente fugiam dos meus ouvidos. A minha vida ficava apenas como identificação, como um traço vago, como uma inflexão de voz, ou um riscar de gesto lançado no espaço obscuro. Trouxe-me a sensação de um destino perdido e comecei a conhecer a pior das solidões, aquela que se infiltra e separa uma alma estreitamente unida à outra alma.

Sofri essa separação como não pode sofrer um corpo sob as mais dolorosas chagas. Sofri verticalmente. Vi como era torturante para uma morta fazer a memória retroagir ao passado e viver todas as distâncias misteriosas do futuro eterno e assim constatar a impotência de jamais gozar de uma presença amada, ao ser totalmente absorvida pela solidão. Quis reincorporar-me e, nesse querer, o meu espírito convulsionou-se e uma inesperada revolta gritou dentro de mim — QUERO VIVER. Devolvam-me à vida, aos meus silêncios tenebrosos, às minhas assustadas, frágeis e medrosas alegrias. Devolvam-me à enfermidade, ao pranto, à angústia dilacerante, mas devolvam-me à vida. Senti o meu corpo estremecer como abalado por um terremoto. Mas eu estava morta e ninguém percebeu o penoso impacto que o meu espírito atravessava.

O meu pensamento desalentado abandonou o corpo frio e pousou em cada cabeça dos vivos. Vi que a morte também revela belezas no íntimo dos vivos. Desce sobre eles um sentimento de candura, de entendimento, de humildade e, principalmente, o propósito de reconstrução de seus próprios e belos sentimentos.

Exatamente nesse instante, percebi alguém anunciar que havia chegado o momento de me levarem à sepultura. A voz dele rompeu o ambiente de murmúrios e, em desespero, suplicou que não me levassem, que me deixassem um pouco mais.

Todos pareceram concordar com o seu apelo, mas o movimento de fechar o caixão não foi interrompido. Os amigos cautelosamente aproximaram-se de mim, olhando-me pela última vez e depois, com infinita e descabida precaução, com carinho mesmo, fecharam o meu esquife. Estava eu tão amoldada dentro dele, que não estremeci. Nesse momento, não mais senti o desesperado desejo de voltar à vida. Estava soberanamente serena.

    Percebi que me levavam. O vento bateu na copa das árvores do jardim da minha casa e algumas folhas caíram sobre o meu esquife, como se fosse o adeus das árvores que eu tanto amei. Acometeu-me um desejo, nunca experimentado em vida: o de olhar a lua. Mas, naquela hora não havia lua e não sei por que o meu pensamento aconselhou-me a vê-la na sua verdadeira altura.

    Uma densa neblina agarrou-se ao meu rosto, enquanto eu sentia o andar do cortejo em cadência seca. Colocaram-me num carro fúnebre e, depois, fui dele retirada e novamente carregada até à sepultura. Alguns ruídos desencontrados chegaram aos meus ouvidos. Ouvi o pio de pássaros à procura de galhos para o repouso. Depois, senti o meu corpo oscilar e entendi que chegara à terra quando as minhas costas tocaram no chão. Murmúrios longínquos... e, sobre o caixão, recebi o baque surdo das flores que os amigos deixavam sobre mim. E os séculos cresceram sobre o meu entendimento. Abriu-se um clarão no espaço sem horizonte e vi centenas de mulheres enterradas ao meu lado e que traziam o nome do amado em suas frontes. Num rio de águas amarelas, boiavam, ao sabor da correnteza, cabeças de crianças insepultas e corpos de jovens mutilados. Extensas campinas muito brancas lembravam mesas de mármore cobertas de corpos profanados por autópsias. Um mundo de podridões abria-se a poucos metros abaixo da terra. Pensei que se os vivos soubessem o que existe sob os seus pés, num subterrâneo tão superficial, não encontrariam prazer em beber a água que lhes mitiga a sede.

Aos poucos, fui sentindo a decomposição das minhas carnes. Meu peito, estalando, abriu-se e meu ventre afundou como uma bola esvaziada. Meu coração escorreu como água, numa espécie de procura ávida de comunicação com o universo. Apascentados ficaram todos os meus íntimos temores. Uma quietude maravilhosa invadiu-me e deslumbrei as margens luminosas do desconhecido. A paz absoluta desceu sobre o meu espírito.

Agora, trazida não sei por qual espécie de vento, aqui estou sentada na poltrona, olhando medrosa o infinito céu, que a janela do meu quarto permite alcançar. Esforço-me para rebuscar na lembrança o que fui e, principalmente, o que sou, nos restos deste fenômeno experimentado. Sinto porém a impossibilidade de readaptar-me às coisas e aos fatos. As causas eu ignoro. Sei unicamente que a memória que vive em mim não é a minha, aquela que nos leva até à infância. É talvez a memória de multidões que estão dormidas no passado, ou de outras que aparecerão nas luzes dos séculos vindouros.

* * *

— Boa noite. Como está ela? — perguntou meu marido ao chegar do trabalho.

— No mesmo — respondeu minha mãe.

— Veio o médico? O que disse?

— O mesmo de sempre. Com o tempo ficará normal. É uma questão de paciência; diz que ela sofre de um trauma misterioso, pois que a operação de apenas quinze minutos, foi comum, banal e não justifica o seu estado mental e a apatia em que se encontra. Às vezes movimenta-se na poltrona, mas continua distanciada de tudo, completamente muda, embora a cerquemos de cuidados especiais, de carinho e de perguntas frequentes.

Eu, sentada, imóvel, pesquisava com o olhar os objetos e as pessoas que me cercavam. Tudo me parecia novo. Como se fosse a primeira vez que visse as altas paredes, o teto, as largas portas, as curvas sujas do rodapé, as cores das cortinas desbotadas e principalmente as vozes humanas. Os rostos só tinham formas visíveis do meio para cima. Reconhecia o meu pai pela metade. Seus olhos de um verde-cinza desmaiado, como se as suas pupilas fossem feitas de água. Seus cabelos brancos e ralos, suas orelhas transparentes e alongadas para cima. Vez por outra, eu notava as suas mãos esquálidas e agitadas esfregando a testa como se quisesse afastar algum pensamento incômodo. O resto do seu corpo coberto por uma espécie de neblina escondendo a forma. Falava pouco. O imprescindível para uma resposta. Notei que todas as tardes, ao entrar em casa de regresso do trabalho (era funcionário público), antes de tirar o chapéu, ia diretamente à mesa e arrumava simetricamente os talheres ao lado dos pratos, resmungando a falta de cuidado e de respeito na postura da mesa, que dizia: "era o lugar abençoado por Deus". Eu acompanhava os seus movimentos, sem, contudo, distinguir o resto do seu corpo. Meu pai dava-me a impressão de um homem extremamente meticuloso. Arrumava com o gesto de pentear, as franjas de um pano que cobria um velho móvel. Sentava-se na cadeira de balanço e ainda sem tirar o chapéu, trocava os sapatos pelos chinelos gastos. Fazia tudo com espantosa meticulosidade e sem pressa.

Minha mãe era uma mulher impaciente, nervosa, que transformava em problema sério um copo usado e deixado fora do lugar apropriado. Eu a via também do meio do rosto para cima. Cabelos grisalhos, olhar faiscante, nariz adunco, testa larga e pele terrosa. Sentia, pelo ar que deslocava ao passar perto de mim, que era frágil e inquieta. Vivia constantemente reclamando coisas e fatos insignificantes. Não partilhava com ninguém o seu mundo de mediocridades. Impunha seus rasos conceitos como dogmas. Também não os dividia com ninguém. Era por natureza prepotente e egoísta.

Minha irmã muito jovem, com os seus olhos negros, brilhantes e ternos, parecia-me querer viver toda uma vida nos minutos presentes. Risonha, falante, passava longo tempo diante do espelho escovando os seus longos cabelos. Sorria para dentro como se estivesse ou fosse cumprir, naquele instante, o mais alegre programa da sua existência. Só se interessava por si mesma. Penso que tinha um corpo de formas e volume exagerados. Ao passar por mim, invariavelmente esbarrava com força na poltrona onde eu estava sentada. Não se preocupava comigo. Raramente fazia perguntas à minha mãe, ao voltar do seu emprego (trabalhava como vendedora de cosméticos), sobre o meu estado de saúde, como se fosse isto uma obrigação enfadonha.

Meu marido (funcionário de um banco), esse parecia mais preocupado com a minha estranha enfermidade. Eu o via, ao contrário dos outros, da cabeça aos pés. Olhava-o, percebendo em detalhes o seu físico. Por que não havia nele a mesma neblina que escondia o corpo do meu pai, de minha mãe e da minha irmã?

Sentia-me profundamente exausta. A minha total mudez não diminuía o cansaço. Às vezes eu observava que os meus sentidos estavam deturpados. Dias havia em que eu ouvia com os olhos, via as cores pelo tato. O olfato era sempre o mesmo: o cheiro de mofo antigo, tanto numa rosa quanto no vento que entrava na sala, ou nos corpos que passavam à minha frente.

Nos primeiros dias, ao voltar do hospital, puseram-me na sala principal e procuravam cercar-me de comodidade com solicitude, como se tivessem a certeza de que, dentro de três a quatro dias, eu voltaria ao normal. Levavam-me à mesa para as refeições. Perguntavam muito sobre várias coisas. Eu, entretanto, permanecia muda, sem a menor demonstração de agrado ou desagrado.

No fim de muitas semanas tiraram-me da sala e levaram-me para um quarto. Então, não era eu conduzida com carinho à mesa para as refeições. Traziam-me um prato já feito e deixavam-no ao meu lado. Na maioria das vezes eu não tocava no alimento.

Ouvia as risadas alegres de minha irmã, as contestações galhofeiras do meu marido, as inevitáveis implicâncias de minha mãe e o silêncio marcante de meu pai. Tinha a sensação que as vozes caminhavam juntas, enoveladas e de repente encontravam o vácuo no meu pai.

No princípio havia na minha família uma certa preocupação comigo. Depois, a minha presença muda e estática começou a perturbar o ambiente deles, e eu, com o passar dos dias fui sendo considerada um estorvo ou até mesmo um motivo de constrangimento para os meus parentes que se mostravam impacientes e até irritados quando chegava uma visita indagando do meu estado de saúde. Estava sendo vista como um ser desagradável, e que a família tem o dever de esconder da curiosidade alheia.

Sentia-me, não apenas um peso para a minha família, mas principalmente para mim mesma. Sabia que me suportavam, mas que não me amavam. Principalmente o meu marido. Ninguém ama o que tolera. O ambiente que me cercava era o da tolerância.

Já se haviam passado muitos meses e eu permanecia como morta-viva. Não emitia nenhum som, os meus movimentos eram cada vez mais escassos. Comecei a pensar como são inúteis a língua e os gestos.

Uma noite chegou uma vizinha procurando saber de minha mãe como estava eu.

— Coitada! Fora da vida, mas respirando. É como se estivesse paralítica. O melhor mesmo para ela e todos nós seria que o Senhor a levasse. Pode imaginar o nosso martírio diário, o nosso cansaço, os nossos gastos, se ela viver neste estado durante muitos anos? O médico diz que não sabe a razão da sua enfermidade. Parece-lhe que sofre de um terrível traumatismo, porém não encontra nenhuma motivação para um choque tão violento e de duração tão longa. Não sabe mesmo dizer quando ficará boa. Recomenda paciência. Já espaçou as visitas, o que foi para nós uma economia, e agora raramente telefona para saber se houve alguma alteração no seu mutismo. Tudo estava tão bem. Ela sempre muito amiga do marido, sempre muito ligada a nós. Muitas vezes, tive medo da nossa tranquila felicidade. Agora, na adversidade, só penso na retomada de um pouco de paz. Parece até uma cobrança de Deus.

— O Senhor sabe o que faz. Sabe como prepara as almas — disse a amável vizinha.

Eu não sentia nenhuma dor. Verifiquei o meu ótimo estado físico, embora não compreendesse a razão da deturpação dos meus sentidos. Ouvir com os olhos parecia-me explicação impenetrável ao meu raciocínio. O curioso é que, mesmo assim, eu não estacionava o meu pensamento em nenhuma dúvida. No fundo, eu sentia que tudo era perfeitamente normal e prontamente aceitável. Essas repentinas incompreensões não duravam mais de um segundo. A minha memória desfazia-se instantaneamente. Todos os dias, todas as coisas e todas as pessoas, pareciam-me ser vistas pela primeira vez. Eu não sofria de alegrias nem de tristezas. Elas estavam corrompidas pela memória, que não era a minha. Eu sentia menos o som das palavras do que a realidade que representavam. E a realidade para mim, estava na memória que não era a minha, fenômeno que seria inútil explicar à minha família ou até mesmo ao médico. Explicar que eu havia sido tomada pelo esquecimento da minha memória, que eu estava numa memória que não me pertencia, que eu havia existido num passado secular e concomitantemente num futuro sem depois? Assim falando, talvez encontrassem a solução lógica para o meu internamento como louca.

Muitas vezes, na solidão do meu quarto, sentia-me dividida em duas. Separada como se um muro isolasse o meu lado direito do esquerdo. Nessas ocasiões um dos meus lados entrava em grande atividade e parte da minha mente ficava possuída de um estranho poder criativo, enquanto o outro lado permanecia dormido e desligado da minha outra metade. Se eu tentasse narrar estas sensações, certamente ninguém, da minha família, acreditaria na minha verdade sentida e sofrida com realidade e até mesmo se envergonhassem de ser eu um dos seus membros. É mais fácil qualificar um mistério, de loucura do que analisar as suas raízes.

A memória que não era a minha levava-me a excursões atrevidas. Digo a memória que não é a minha e sei perfeitamente o que digo. Há em mim, simultaneamente presentes, a memória que me faz recordar e o esquecimento daquilo que eu recordo por minutos. Parece-me que a memória guarda esquecimentos de coisas que conheci superficialmente, mas que não tiveram a força de aprofundar-se no meu espírito. Muitas vezes recordo que esqueci vários fatos, várias pessoas, vários lugares e várias vozes. Muitas vezes, esforcei-me para recordar a face de alguém que a lembrança não reteve, e nesses instantes, sentia-me muito aflita com esse esquecimento. Mas a memória, que não é a minha, continua viva, principalmente na fase em que eu estava, no futuro de milênios. Não estou desmemoriada, como pensam os meus familiares e até o médico. Apenas a minha verdadeira memória foi esquecida e substituída por outra alargada no tempo e que não me pertence. Cada dia descubro pela primeira vez, pessoas e objetos que eu havia visto no dia anterior. O tempo massifica-se, funde-se, e nesse trabalho apresenta velhas coisas com vestimentas novas.

Com o passar dos meses a minha família habituou-se a esconder-me no quarto. E os seus rotineiros problemas tomaram o primeiro plano nas suas preocupações. Observei que estavam intranquilos com os gastos da casa.

— Precisamos tomar alguma providência — disse minha mãe. — Vivemos nesta casa antiga, velha e já com as paredes rachadas, pedindo consertos. Mas, em todo caso, não temos preocupação com o aluguel. Foi a única coisa que herdamos. Mas e as despesas com alimento?

Ouvi que o dinheiro do trabalho do meu pai, somado ao da minha irmã e ao do meu marido, estava abaixo dos gastos essenciais da família.

— E depois — falou minha mãe —, além disso, temos as despesas extraordinárias na compra de medicamentos para ela. Precisamos com toda a urgência encontrar uma solução para o nosso sustento.

Esse "ela", referia-se a mim. Já não diziam o meu nome. "Ela" era a forma de me identificarem.

Meu pai esclareceu a sua impossibilidade de trabalhar em outro lugar, além do seu serviço na repartição. Estava cansado, velho, sem resistências para prolongar horários. Além do mais, não sabia fazer nada fora da sua tarefa de funcionário de quase trinta anos.

Minha irmã lamentou-se do pouco rendimento como vendedora de cosméticos, que apenas supria o seu gasto em vestidos, sapatos e transporte. Enumerou uma infinidade de necessidades pessoais, e assim isentou-se de participar na solução dos gastos da família.

Meu marido demorou a explicar-se, mas por fim insinuou que iria procurar em outro banco horas extras que pudessem diminuir a preocupação com as despesas. Mesmo assim, não tinha certeza de encontrar vagas em horas extras nos bancos, pois eram comumente ocupadas pelos próprios funcionários desses estabelecimentos.

— Bem, se não encontrarmos saída, resta-nos alugar um quarto que está disponível. A casa é muito grande e não a ocupamos totalmente. Mas eu gostaria que essa fosse a última solução. Não quero imaginar me vendo cercada diariamente na nossa intimidade, com gente estranha, ouvindo, vendo e sabendo o que se passa aqui dentro, com a nossa família. Principalmente agora, tomando conhecimento "dela". Seria um segredo desvendado e isso nos colocaria numa situação humilhante.

Esta foi a opinião de minha mãe e depois dos seus argumentos, ninguém disse mais nada. Como se todos concordassem com a guarda do segredo, que era eu com a minha mudez e inexplicável imobilidade. O problema foi adiado até outra reunião familiar.

Meu pai encaminhou-se para o quarto, seguido de minha mãe. Antes, perguntou ao meu marido e à minha irmã:

— Vocês não vão dormir? São quase dez horas da noite.

— Já vamos. Daqui a mais meia hora no máximo, estaremos recolhidos — respondeu o meu marido.

E ficaram na sala, falando em voz baixa. Às vezes minha irmã dava uma risada mais forte e logo voltava ao cochicho. Eu não estranhava as suas falas quase imperceptíveis. Esse era um fato que pertencia ao passado, guardado na memória que não era a minha. Quando morta, eu percebera que entre o meu marido e a minha irmã nascia um sentimento que nem mesmo eles haviam pressentido. Para mim não havia um instante do presente, mas uma confirmação de conhecimentos adquiridos pela memória que não era a minha. Essas confirmações anulavam qualquer reação normal na minha individualidade.

Durmo muito pouco. É durante a noite que me sinto dividida em dois hemisférios. Como duas fatias, uma das quais tem agitações, visões, premonições e claridades elucidativas, confirmadas num futuro sem limites pela memória que não é a minha. A outra metade cai em sono num passado de séculos. Nesses momentos debato-me na ânsia de ser ao menos o prumo do presente. Luto inutilmente para recuperar as minhas lembranças, a minha própria memória, ver os meus próprios erros, as minhas próprias falhas humanas. Luto contra a marginalidade da pessoa que sou. É uma luta de reconquista de tudo que de mim foi levado ao passado milenar e a um futuro sem depois, dominada totalmente por essa memória que não é a minha.

À medida que passa o tempo, sinto vozes que ressoam, soam e permanecem soando e, repentinamente, deixam de soar. Sinto concretamente um silêncio sepulcral e tudo se torna inexistente. Antes, tudo era futuro. Nesse intervalo, eu espero, e o tempo de espera é o futuro que não posso medir nem calcular. Depois, ao findar o soar de vozes tudo é passado e eu também não posso aquilatar o tempo, porque nada mais existe. Só posso avaliar o futuro enquanto as vozes ressoam. Quando deixam de ressoar eu entro em completa pulverização, e mesmo essas lembranças são esquecidas em função dessa memória que não me pertence. Sinto-me, nesses instantes, num evaporante presente sem a mínima duração.

Percebo que é noite porque as lâmpadas estão acesas. Sei que é dia porque as vozes das pessoas sonolentas começam a acordar, vibrando então de forma contínua, juntando-se ao barulho da rua.

Experimentei medir a realidade pela intensidade e vibração das palavras. Mas, de repente, sentia que essa vibração já pertencia ao passado e assim, de instante para instante, eu perdia a noção da realidade. Passei a medir o inexistente dentro da minha existência subdividida nos meus hemisférios de morta-viva.

Ouvi minha mãe irritadiça conversando com a minha irmã, que reclamava o leite do café matinal.

— Hoje não temos leite. O dinheiro que havia acabou. O resto de ontem, que guardei, "ela" tomou há pouco. A não ser que você deixe algum dinheiro, não poderei comprar leite para amanhã.

— Não tenho. O que está na minha bolsa é para a passagem e o pagamento de uma prestação. Além do que dou para a casa, todos os meses, nada mais esperem de mim.

— Prestação de quê?

— Ora, a de um suéter que comprei na *boutique*.

— Mas não temos dinheiro avulso para fazer gastos em *boutique*.

— Sou jovem, e não posso me vestir com trapos. Preciso aproveitar a minha mocidade e as minhas vaidades de moça. Devo dizer que estou farta dessa nossa maneira de viver sempre sem dinheiro, sempre contando as migalhas e esperando as possíveis migalhas de amanhã.

— E o que pretende fazer?

— Ainda não sei. Não decidi, mas vou reagir e passar a viver como milhares de colegas que têm com fartura vestidos e joias.

— Joias?

— Sim, joias. Isso com que todas as mulheres sonham.

— Vai mudar de emprego?

— Não é bem isso. E outra coisa: eu preciso muito mais de leite do que ela. Eu trabalho. Ela não precisa ser mais bem alimentada do que eu. Ela não faz nada. Passa os dias sentada na poltrona e alimentada com o nosso esforço. Nunca mais deve faltar leite para o meu café matinal.

Minha mãe calou-se temerosa de ouvir alguma disposição desagradável em relação à prometida mudança de vida de minha irmã. Mais tarde meu pai entrou na sala, sentou-se à beira da cadeira, e, sem reclamar ou indagar das razões da falta de leite, sorveu barulhentamente o conteúdo da xícara servida por minha mãe. Parecia-me extremamente preocupado. Várias vezes esfregou a testa como se afastasse alguma ideia aflitiva. Certamente ouvira as disposições de minha irmã. Eu continuava a vê-lo do nariz para cima. O resto permanecia escondido numa estranha neblina. Eram três meias-cabeças, movendo-se e falando. A de minha mãe, a de minha irmã e a do meu pai.

Percebi que a atividade do meu pensamento se dividia em memórias descontinuadas de tudo que vira e ouvira naquele pequeno grupo familiar. Dificuldades para aquisição de alimentos, preocupações com os fuxicos da vizinhança, os sonhos e desejos manifestados de minha irmã, tudo condensado em problemas domésticos corriqueiros.

Ninguém entrava no meu quarto. Havia em todos um premeditado esquecimento da minha existência na casa. Pretendiam fazer com que o presente e o futuro, em relação a mim, fossem enterrados no passado irrecordável em cada um.

"Ela" — eu — deixara de existir. Agora só existiam eles. Lera isso no pensamento da minha família quando estava eu dentro do esquife. Eu permanecia muda e impassível. Em certas ocasiões não necessitava dos ouvidos para ouvir. A memória que não era a minha esclarecia e mesmo repetia o pensamento dos que me cercavam. Uma coisa, porém, não havia diminuído no meu espírito: a terrível angústia nascida de conflitos não explicados pelo meu raciocínio. Talvez, fosse pelo fato de eu haver sido imprudente ao falar onde nunca há tempo para falar. Daí, possivelmente, a minha mudez que tornava a minha língua humilde, arrependida e silente. Imóvel, talvez, porque muito teria caminhado sem haver percebido que a terra por mim pisada era a mesma terra que formara o meu corpo. Por momentos sentia-me dentro da maior escuridão. A treva cobria todos os meus abismos. Não havia nenhuma luz no meu pensamento. Tudo era ausente. Até a lembrança dos ruídos. Eu não possuía memória própria. Existia uma memória que não era a minha, jogando-me sem defesa no passado milenar e instantaneamente num futuro ilimitado. O presente misturava-se em ambos. Estranhamente eu possuía uma percepção nítida de tudo em todos os tempos. Um tumulto indescritível processava-se dentro de mim. Esforcei-me para fixar o meu próprio corpo, analisei detalhadamente a minha imobilidade e senti que ele não era mais o que fora, mas começava a ser o que seria. Uma transformação, aparentemente lenta, de uma forma para outra por meio de algum elemento informe. Passei a reconhecer o imutável no mutável. Mas eu ainda existia e em consequência possuía forma visível e ordenada. Sentia-me intimamente ligada ao imutável, sujeita a mudanças que em essência não estavam presas ao tempo. Antes eu me via uma coisa informe que depois tomou forma, seguindo o desgaste do dia a dia.

A única pessoa que eu distinguia por inteiro era a do meu marido, que eu ainda amava intensamente e talvez por isso o via com todos os detalhes. Agora, também, muito pouco ele entrava no meu quarto para saber do meu estado. Algumas vezes desejei violentar-me, esforçar-me para responder às suas apressadas indagações. Minha língua, minha voz, porém, continuavam mortas e ausentes. Reconheci a inutilidade de qualquer esforço e li no seu pensamento a determinação de me considerar definitivamente morta. Ele desejava aproveitar os seus sentidos, a liberdade de conviver na boêmia dos seus amigos, sem remorsos na consciência. Já que não podia me eliminar, tomara a deliberação de me ausentar do seu pensamento. A tônica das suas conversas era a de viver bem todos os instantes da sua vida em plena alegria e doce irresponsabilidade. Chegava mesmo a insinuar uma nova conquista amorosa encontrada na parada de ônibus. Notei que dava à verdade a cobertura de uma brincadeira, com a finalidade de não desrespeitar meu pai e minha mãe. Com a minha irmã não tinha esse escrúpulo. Vi que se libertara de mim alegremente à medida do passar dos meses, e essa sensação de liberdade trazia-lhe um inesperado contentamento.

Ao mesmo instante, a memória que não era a minha fazia-me ver o profundo arrependimento que ele tivera quando eu morta sentira o seu pensamento. Esse mesmo arrependimento iria se repetir. Vi quando junto ao meu esquife ele pedia desorientado que eu voltasse à vida para repetir todos os nossos instantes de amor. Os meus olhos percorrendo lentamente o meu marido ouviam o que já ouvira quando estava sendo velada e prestes a descer à sepultura. Com uma diferença agora: não percebi nenhuma perturbação da sua parte. A memória que não é a minha não se comunicara com a sua consciência de pessoa viva.

De costas, disse apressadamente que precisava sair. Tomou uma xícara de café e deu um até logo sem convicção.

No meu quarto escondida fiquei com os meus fantasmas emaranhando-se no meu pensamento.

Minha mãe, limpando a casa, falava sozinha sobre os problemas financeiros da família.

— Não sei se amanhã teremos o que comer ou se comeremos no escuro. A conta da luz vence hoje e não consegui a importância para o pagamento. Desgraçadamente creio que a solução está em alugarmos o quarto desocupado. E ela? O que pensarão os nossos prováveis inquilinos? O que dirão de nós? Sabendo que temos em casa uma pessoa da família com a mente alterada, aceitarão esse convívio? E se espalharem que guardamos uma doente imprestável manterão segredo, ou isso quando divulgado redundará na desmoralização à nossa família? Há mais de um ano nessa situação e não tenho esperanças que ela melhore. Oh, Deus! Por que não a levas de vez? Seria um alívio para todos nós.

Imóvel no meu quarto eu ouvia o monólogo de minha mãe e ao mesmo tempo reconhecendo ser um transtorno para eles, mas tendo a certeza de possuir conhecimentos superiores e impossíveis de serem explanados à minha família, composta de seres com mentalidade vulgar, emperrada e gasta com vidas monotonamente medíocres. Em verdade eu não sentia vontade de morrer. Eu já havia morrido e carregava passados milenares e deslumbrantes mistérios abertos no futuro sem depois. Eu apenas no presente rápido assistia à minha família vivendo sob impactos, na luta pela sobrevivência, sustentando-se cada vez mais no egoísmo e na estreiteza de sentimentos.

— É tarde. Onde esteve você até agora? — indagou minha mãe à minha irmã.

— Por aí.

— Como, por aí?

— Já avisei que pretendo mudar de vida. Vou conduzi-la dentro das necessidades da minha juventude. E para isso vou acabar com esse programa familiar de estar em casa às horas certas. Já avisei que tenho aspirações que não cabem mais dentro desta casa, neste ambiente, com ela nesse quarto, assustando-me como um fantasma que come e dorme. Vou fazer por mim, exclusivamente por mim. Independente da aprovação ou não da família. Pouco importa que o meu procedimento ou a minha liberdade tragam aborrecimentos para vocês.

— Do meu lado, o seu programa de vida tem minha completa aprovação — disse o meu marido ao entrar na sala. — Hoje em dia, o egoísmo é uma virtude, é a arma da realização individual. Se começarmos a pensar nos outros, se usarmos a nossa consciência para colocá-la à disposição de alguém, acabamos sendo apenas um objeto de exploração alheia. Declinar das alegrias e prazeres pessoais em benefício de alguém significa um suicídio. No meu caso, por exemplo: ela está praticamente inconsciente, muda e com aspecto abobalhado. Mesmo assim nesta deplorável situação, ela vive a sua vida. Por que me aliar à sua apatia, à sua mudez, à sua imobilidade quando ainda tenho vida em todo o meu corpo, sonhos e aspirações lícitas no meu pensamento? Passar o resto da minha existência, ainda repleta de energias, em devoção a uma pessoa alienada que só nos traz gastos e constrangimentos, não é um plano que eu pense cumprir. E por falar nela, hoje andei tomando informações sobre casas e instituições de caridade que tomam pessoas nas mesmas condições sob sua guarda. Mas creio que, mesmo num asilo, as despesas vão além das minhas possibilidades financeiras. Tenho um amigo que amanhã irei procurar, para ver se ele, com as suas ligações com pessoas do governo, pode arranjar a internação dela em qualquer asilo, de preferência num lugar longe daqui. Creio que numa cidade do interior será mais fácil uma vaga gratuita. Assim, poderíamos também alugar o quarto que ela atualmente ocupa e, em consequência, a nossa renda seria aumentada. Tratarei disso na próxima semana.

Minha mãe parou de se balançar na cadeira de molas rangentes e fixou duramente o meu marido.

— Ela não está paralítica. Está apenas adoentada. Além disso, essa solução viria provocar desagradáveis comentários sobre nós. Por mim, particularmente, a solução seria boa. Mas, tenho receio da língua dos vizinhos.

— Mas os comentários, ao fim de algum tempo, desapareceriam. Todos esqueceriam o fato — respondeu o meu marido.

— Escondida como está ela não incomoda ninguém. Alimenta-se dos nossos restos. Ficou misteriosamente muda e a sua mudez tem seu benefício para nós. Já imaginaram se tivesse outra doença e gritasse ou chorasse dia e noite? — advertiu minha mãe. — E depois, não desejo aumentar o meu problema com as recriminações dos amigos, sabendo que a jogamos num asilo de indigentes. Pobres somos, mas precisamos guardar a compostura de quem não é miserável, precisamos defender o amor-próprio de cada um de nós. Não podemos tomar decisões que venham atingir o nosso legítimo pudor familiar. Além disso, é necessário que o pai concorde com essa solução. O que me parece difícil.

— Não vejo em que, transferindo-a para um asilo no interior, possa afetar a nossa família. Da minha parte a aprovação é imediata. Nos tempos de hoje não existem mais esses ridículos preconceitos e tolos temores. Cada um deve procurar o seu próprio benefício. O fato é que a presença dela nesta casa só resulta em transtornos, gastos perdidos e constrangimentos para os nossos próprios amigos e conhecidos. Já não tenho a liberdade de convidar uma colega para me visitar como antes fazia. Conto mentiras a fim de evitar que assistam à vergonhosa cena, ou mesmo, saberem que tenho em casa uma irmã abobalhada. Já inventei a mentira de que ela está viajando. Mas essa mentira não poderá durar muito. Num asilo, fora daqui, ela continuará para todos os efeitos viajando até que dela se esqueçam. E podemos ainda dizer que morreu enquanto viajava. Quero a minha despreocupação, e esse descanso só começará no dia em que ela for afastada do nosso convívio. Asilo, hospital ou instituição de caridade não importa. O importante é que ela seja retirada do nosso ambiente. Estou segura que o pai, diante dos nossos argumentos justos, não fará nenhuma restrição. E depois, ele fala tão pouco, opina tão pouco, ele é tão pouco dentro da nossa casa que o assunto só deve ser levado ao seu conhecimento após o fato consumado. É a melhor e a mais prática solução para cada um de nós e inclusive para ela mesma.

— Em todo caso, é necessário, antes de qualquer providência, ouvirmos a opinião do seu pai. Afinal, ele é o pai — disse o meu marido, respondendo à minha irmã.

— Já vem você com sentimentalismos ultrapassados. Hoje em dia temos que visar apenas o lado prático, o lado pessoal de cada um. Afinal, ela dá problemas a quatro pessoas. Se ela for internada longe daqui essas quatro pessoas reconquistarão a tranquilidade, e lucrarão com a diminuição das despesas com remédios que até agora não deram nenhum resultado. Essa coisa de guardar um doente dentro de casa até o fim da sua vida é fora de moda. Pagamos impostos ao governo justamente para que o governo mantenha instituições para recolher os indigentes. Ela é praticamente, considerada por mim, uma indigente; e ser indigente não mancha a honra de ninguém. A minha maneira de pensar é muito atualizada e, em consequência, muito prática. — Minha irmã falou e deixou no rastro das suas palavras um inesperado silêncio.

Vi que minha irmã argumentava como se eu não fosse gente, e sim um quebrado e velho móvel atravessado na porta principal da casa. Minha mãe continuou silenciosa e pouco depois recolheu-se ao seu quarto. Não senti revolta, nem mágoa. Aquilo era aquilo. Era o oco das pessoas, realizado pelo egoísmo violento, significando o instinto animal de conservação.

Eu não tinha contado os dias em que vira alguém entrar, por mais de uma vez, no meu quarto. Deixavam apressadamente um prato com alimento frio ao lado da poltrona em que eu permanecia sentada. À noite, depois que todos dormiam, eu me levantava vagarosamente e no escuro, apalpando os móveis e as paredes, servia-me do banheiro. Ao lavar o rosto recebia reconfortada a ternura sempre amiga da água da torneira. Era a minha única comunicação com a vida externa. Ao voltar novamente para o meu quarto, a tênue luz da lâmpada fazia-me notar a moldagem do meu corpo na poltrona. Uma poltrona tão muda quanto eu, tão imóvel quanto eu. Apresentava, porém, uma utilidade que eu não possuía: a de me acolher, a de amparar o meu corpo amolecido e sem vontade. Agradeci a sua missão fraterna. Na casa era a única coisa isenta de egoísmo desumano. Um móvel desbotado, seus tecidos gastos, mas quanta grandeza, quanta solidariedade amiga mantinha ele, oferecendo-me a sua forma acolhedora. Sim, humana, pois era produto da imaginação e de mãos habilidosas de um homem, provavelmente um humilde operário. Entendi a estreita comunicação que havia entre mim e a poltrona. Dei-lhe alma, espírito e vida, como vida e espírito empresto às árvores, às flores e aos frutos.

A antiga insônia dilatou-se sobre mim e levantou o meu pensamento para as sondagens de mistérios infinitos.

Olhei para a poltrona e perguntei-lhe se a incomodava o calor ou o cheiro de mofo do meu corpo. Desculpei-me pela desatenção com que até então a havia tratado, quando devia reconhecer a fraternidade dos seus braços acolhendo os meus e o seu encosto amparando a minha cabeça friccionada pelo tumulto dos meus pensamentos desordenados. Nesse momento, senti o meu espírito esfarrapado e ensanguentado pelo egoísmo de me haver imaginado superior àquela poltrona que me confortava, sem exigir compensações à minha pessoa desconsolada e confusa.

Não eram os campos verdejantes, as canções do vento, o sentimento de amor ao meu marido que me davam repouso. Era, em verdade, aquela poltrona desbotada que protegia o meu corpo exausto e a minha cabeça, saturada de conflitos sem sombra de esperanças.

Anoitecia sempre e sempre amanhecia. A monotonia, a repetição constante do ordinário, as cenas sem finalidade exaurindo-se no nada das horas, a alegria superficial e sem direção do meu marido e da minha irmã, pareciam-me uma cobertura densa e sem ventilação sobre o meu corpo. Em certos momentos sentia-me insensata por sofrer imoderadamente uma angústia que eu não procurara e que misteriosamente me havia subjugado. Mas essa fuga, numa justificativa, emitia ainda mais força ao meu mutismo. Desejava levar o meu pensamento para algum lugar onde fosse dado o repouso, mas esse lugar não encontrei para pousá-lo. Por momentos, sentia que resvalava, porém, instantaneamente via que o resvalo trazia mais angústia sobre a minha cabeça.

— Precisamos solucionar os nossos problemas de dinheiro — disse minha mãe na hora do jantar.

— É, precisamos — disse meu pai. — As dívidas acumulam-se. Talvez você pudesse sacrificar um pouco os seus gastos pessoais e melhor contribuir para os gastos da casa — disse ele, dirigindo-se à minha irmã.

— Parece-me que está ganhando melhor. Pelo menos, observo o que compra em quantidade, roupas, sapatos e outras coisas desnecessárias...

— Não contem comigo. Já falei que não posso e não quero contribuir mais do que já contribuo. Sou moça e não vou dispersar a minha juventude abstendo-me de possuir aquilo que gosto, que ambiciono e posso adquirir à custa do meu trabalho. Ganhasse dez vezes mais e não daria um centavo além do que entrego hoje. A vida é só minha, estou no tempo de aproveitar a única oportunidade que a juventude me oferece. Vou viver para mim e somente para mim.

— Isso é um comportamento que me surpreende. Você não vai auxiliar um estranho, uma família que não é a sua. A sua família também é você. O meu ordenado de funcionário público já não cobre a metade das despesas essenciais da casa e eu, como já declarei, não tenho energias, nem possibilidades para cumprir um trabalho extra em qualquer lugar. Daí a minha proposta de ajuda da sua parte — esclareceu meu pai em tom humilhado.

— Há muito trabalho por aí que o senhor pode fazer — retrucou minha irmã.

— Onde? Que espécie de trabalho?

— Por exemplo: vigia noturno de empresa particular. O senhor nunca foi de muito dormir. Ora, ficar andando ou sentado no saguão de uma empresa durante a noite, não irá cansá-lo mais, não irá exigir energias de moço. Em geral, esse serviço é justamente entregue aos homens idosos. Penso que fisicamente ainda não está incapacitado para exercer essa tarefa, e pelo que sei, é mais bem remunerada do que a de funcionário público — argumentou minha irmã, com ênfase e desenvoltura.

Fez-se um longo silêncio, depois de suas palavras. Tive a sensação de ver as pupilas do meu pai, de cor verde-clara, desmanchando-se em água e transpondo com dificuldade os obstáculos das rugas no seu rosto.

— Não. Esse trabalho não serve para o seu pai. Embora sempre tenha dormido pouco desde a mocidade, hoje ele não mais possui forças físicas para um lugar de vigia noturno. Você sabe que ele sofre de reumatismo, tem os pés inchados por caminhar o dia inteiro de uma sala para outra na repartição. Quando não caminha, é obrigado a se manter de pé durante horas no atendimento de dezenas de pessoas. Não reparou como a cada semana tem mais dificuldade de se locomover? Não observou como a cada semana tem maior cansaço no rosto? Você é moça, jovem, tem ótima saúde, e ajudar nas nossas dificuldades prementes é um dever de filha que deve ser atendido antes de gastar dinheiro comprando vestidos em *boutiques* — respondeu minha mãe, levantando-se da cadeira.

— Eu não pedi para nascer. Os animais quando não precisam mais do alimento das tetas das mães, soltam-se e esquecem quem os gerou. Se as pessoas seguissem esse exemplo da natureza, grande parte dos seus problemas não existiria. Aliás, tenho a impressão que as pessoas hoje começam a reconhecer as vantagens desse desprendimento da família, como solução fácil de liberdade. Cada um é cada vez mais cada um. Confesso que sou adepta desse sistema e por isso falo com franqueza sobre o fato de não contribuir em nada além do que tenho feito, para os gastos da família — definiu-se duramente minha irmã.

— Mas você não é um animal irracional, você não é despida de sentimentos, você não pode viver defendida por uma indiferença cruel, sem oferecer um gesto de gratidão aos seus pais velhos e cansados. O mundo não é a sua pessoa, mas a sua família. E a sua família não é composta de animais irracionais.

A voz da minha mãe, em tom agudo, atravessava as paredes do meu quarto e ficava zunindo como abelha no espaço. Na sua voz havia uma inesperada surpresa e mágoa pelos conceitos de minha irmã.

Estavam os três sentados ao redor da mesa, já tarde da noite, quando surgiu o meu marido com aspecto de quem abusara do álcool. Olhos vermelhos, face congestionada, fisionomia alterada.

— O que estão fazendo acordados até agora? Algum problema novo?

— Estávamos procurando um meio de diminuir as nossas dívidas. Debatendo todas as formas para chegarmos a uma solução — respondeu minha mãe.

— E chegaram a algum resultado?

— Não — disse meu pai num fio de voz. — O que você propôs hoje e que só agora soube, qual seja, o internamento dela num asilo ou instituição de caridade longe daqui, não tem da minha parte a menor aprovação. Mesmo que tivesse dinheiro suficiente para colocá-la num sanatório, eu não concordaria. Afinal, ela é minha filha. Moramos numa casa ampla. Ela não é paralítica, nem louca, não incomoda ninguém, não faz nenhuma exigência. A sua enfermidade é mansa, silenciosa e passageira.

— Exigência faz — interrompeu minha irmã. — Ela não fala, mas o seu estado de saúde exige gastos extraordinários em remédios, e isso já vai para mais de um ano. As contas da farmácia significam uma exigência a nós. Incomoda, porque temos de ocultá-la dos nossos vizinhos e das pessoas das nossas relações. Incomoda, porque precisamos inventar mentiras, justificando a sua ausência, quando perguntam por ela. Isso por acaso não é um transtorno constante?

— Creio — disse o meu marido — que temos apenas duas alternativas e assim mesmo sem a aprovação dos seus pais. Uma, a de interná-la num asilo gratuitamente. Coisa que o seu pai já afastou como possível. Outra, a de mudá-la para o quarto dos fundos da casa e alugarmos o que ela ocupa atualmente, aqui ao lado da sala. Coisa que também desagrada à sua mãe. Fora dessas duas soluções, não vejo outra. E mais ainda: não estou disposto a sacrificar a minha existência trabalhando em dobro para gastar o dinheiro no sustento de uma mulher inteiramente muda e que, se não é paralítica, tem todas as manifestações disso. Ela não me serve para mais nada. Vou trabalhar com um corretor amigo. Mas o que obtiver desse trabalho, aplicarei todo no meu conforto e prazeres pessoais. Não fui eu quem a adoeceu, não tive a menor participação na sua misteriosa apatia. Continuarei a colaborar com a mesma quantia que sempre, religiosamente, entrego no fim do mês. Além disso, não esperem nada de mim. E não venham enchendo os meus ouvidos com os problemas domésticos. Se o fizerem, mudo-me para um quarto na cidade. Tenho o direito de recusar esta forma de vida. Quero viver de acordo com os chamamentos da alegria. Ela pode continuar a viver assim quantos anos quiser. Por mim, confesso, já deliberei esquecer de que sou seu marido. Não forcem ligar-me a ela, a uma mulher inutilizada e transformada em estorvo. Pessoalmente, já estou esquecendo de que sou seu marido, colocando-me na situação de solteiro. Nem mesmo de viúvo quero aceitar-me. A viuvez lembra que houve casamento, união. Dia a dia, estou com facilidade, livrando-me dela e assim adquirindo uma liberdade sem remorsos. Não desejo enganar vocês, omitindo palavras de franqueza. Ela não existe mais. Não quero substituir a lembrança de um sentimento de amor pelo de piedade, que, afinal, também significa uma doação ou uma restrição à minha individualidade. Agora o mundo é meu, os sentimentos são meus, à minha moda, e a liberdade que eu usar é minha para dispersá-la como bem entender. Vou inclusive fazer o que nunca fiz: viajar. Passarei dias fora daqui, aproveitando a necessidade do meu trabalho de corretor.

No meu quarto, eu somava os diversos e poderosos egoísmos da minha família. O meu pai dava-me a impressão de ser mais compassivo em relação a mim. Minha mãe preocupava-se prioritariamente com os lucros dos prováveis inquilinos ou pelo que poderiam julgar da família que guarda em casa uma doente. Nas suas explicações eu não entrava senão como um traço de vergonha que ela tentaria esconder de qualquer forma. Sofri e atormentei-me duramente debatendo-me nas minhas próprias correntes. A minha família amava a vaidade, buscava a mentira para a sustentação do seu egoísmo cruel e progressivo naquele ambiente de mentalidade burguesa. Fechei os olhos para não mais ouvir a deterioração do humano. Uma tristeza pesada cobriu o meu espírito, e já ia me desmanchar em pranto quando a memória que não era a minha surgiu sobre a minha lassidão e estancou a fonte das minhas lágrimas. Julguei então conveniente não tomar o luto sobre o meu coração, pois que o meu conhecimento de um passado secular ligado a um futuro ilimitado me haviam preparado contra dores menores. Eu sabia quanto oprimido estava o meu espírito, mas não cedi ao ímpeto do desconsolo que alterava o meu semblante.

Todos sabiam que eu não era paralítica, que eu possuía vida em todos os meus músculos. Sabiam que eu saía da poltrona para a cama, que eu trocava de roupa, que eu ficava em pé e arrastava o meu corpo no espaço do quarto. Confundiam, por ignorância ou maldade, o estado de apatia com o de paralítica. A razão dessa falta de diferenciação entre as duas situações, eu não sabia, e, em verdade não ocupava o meu raciocínio para desvendar os motivos da minha família. Eu estava atravessando um longo e misterioso período de apatia; indiferença de ânimo pelas coisas que ordinariamente comovem, conservando os desejos apagados. Estado inteiramente inverso ao de uma paralítica. O egoísmo da minha família dava ao traumatismo emocional um sentido pejorativo: um ser imprestável e incômodo.

Sentia também que o meu julgamento sobre as pessoas da minha família não podia ser igual ao deles. Eu possuía conhecimentos na simultaneidade de diversos possíveis, um conhecimento peculiar como fenômeno da consciência. O meu conhecimento não se apoiava apenas na verdade, mas também no erro. A minha verdade poderia ser também um erro. Como explicar essas coisas aos meus familiares? Eu tivera o privilégio de desvendar, no extinto e no que há de ser extinto, a miséria do mutável. Tudo me parecia tão sujo que tive uma enorme vontade de tomar banho, como se a água lavasse todas as sombras no meu espírito.

Depois da última conversa da minha família, extremamente preocupada com os meios de sobrevivência, com as dívidas acumuladas e com o estorvo da minha presença entre eles, não ouvi nenhuma outra manifestação que determinasse haverem chegado a uma conclusão objetiva e prática.

Meu marido agora passava dias e dias fora de casa. Em viagem, dizia ele, e quando regressava não procurava saber da minha situação. Minha irmã alterava, como prometera, os seus hábitos de vida. Saía muito à noite em companhia de amigos que a traziam de volta pela madrugada. Minha mãe não perdera o hábito de se lamentar, aumentado agora pelo comportamento da minha irmã, somado a insignificâncias. Falava sozinha enquanto arrumava a casa. Vez por outra, justificava o seu cansaço e a sua impaciência na minha presença muda. Já perdera a tolerância dos primeiros dias da minha volta do hospital. No seu interminável monólogo, adjetivava-me com palavras de rancor.

— O que fazer com ela? Por quanto tempo viverá nesse estado de inutilidade? Melhor seria que Deus a levasse.

Uma noite o meu marido chegou acompanhado da minha irmã. Ficaram na sala. Entre um cochicho e outro faziam um largo silêncio. Senti a qualidade de conversa em tom baixo e a do silêncio que faziam entre murmúrios. De vez por outra eu ouvia a palavra "prometo". Alguma coisa se prometiam.

Na manhã seguinte, vi minha irmã descansando o braço no ombro do meu marido. Não fui tomada de surpresas, nem de ciúmes. Eu já conhecia esse gesto, muito antes de ser realizado, quando deitada, morta no caixão. A memória que não era a minha se abriu plenamente sobre os meus sentidos e eu continuei impassível, sem o menor vestígio de mágoa.

Sem me consultarem, sem a menor explicação, um dia fui transferida do quarto ao lado da sala para outro no fim do corredor comprido e escuro da casa. Ao lado da cozinha.

O quarto ao lado da sala havia sido alugado. Eu não tinha a menor noção dos ocupantes. Ouvi minha mãe, com gentileza exagerada, conversando com duas pessoas. Um casal. Abriu a janela e falou da fartura de luz que por ela entrava, das grandes dimensões do compartimento e sugeriu até o lugar para colocarem os seus móveis. Mostrou-lhes depois onde ficava situado o banheiro e citou o número de quartos ocupados pela minha família. Na sala principal todos fariam as refeições. Não mencionou o quarto que eu ocupava. Disse apenas que era um lugar onde guardavam coisas pertencentes a nós e de pouca utilização.

Os hóspedes não deram muita atenção à última informação. Senti-me arquivada como coisa sem maior importância.

Passaram-se muitos dias. Minha mãe tinha a constante preocupação de verificar se a porta do meu quarto permanecia fechada aos olhos dos nossos inquilinos. Em conversa ligeira, um dia, a nossa hóspede perguntou se não era melhor para a conservação dos objetos guardados naquele quarto abrir a janela e a porta para a entrada do sol.

— Não é necessário — respondeu minha mãe. — Há muito o conservamos assim, e nele não existe nada passível de ser atacado pelo mofo ou pela poeira. — Sua voz pareceu-me insegura e temerosa. Uma mentira que não podia durar muito tempo assustava a sua própria voz.

Uma tarde, minha mãe foi apanhada pela nossa hóspede entrando no meu quarto levando um prato com alimento. O flagrante deixou-a perturbada. Ninguém leva comida para um compartimento onde só existem objetos e móveis de pouco uso. Antes que a nossa inquilina pesquisasse a razão do fato, minha mãe preparou-se para uma outra explicação.

— Quando vocês chegaram guardávamos nele as coisas de que já falei. Logo depois, veio de fora uma parenta nossa, adoentada, e nele a instalamos. É muito amplo e dá perfeitamente para uma pessoa. A nossa parenta não sai do quarto e não gosta de ser visitada, nem pelas pessoas da família. Não sofre de nenhuma doença contagiosa. Diz o médico que é uma "neurastenia silenciosa".

A nossa inquilina ouviu a explicação e apenas indagou se havia melhorado o estado de saúde da "parenta". A parenta era eu. Certamente minha mãe não havia dito que eu era muda. Não sei. Mas se o disse, o meu silêncio convenceu a nossa hóspede da minha mudez. Algumas vezes a nossa inquilina tentou, num gesto de colaboração, convencer a minha mãe de me fazer companhia por alguns minutos. Oferecia-se como uma ajuda. Minha mãe novamente agradecia, dizendo que eu estava melhorando e melhor seria esperar mais tempo para me visitar. E assim os dias foram passando. Eu, isolada, escondida no meu quarto, mas ouvindo todas as conversas, sabendo o que se passava sob o nosso teto, mas sem nenhuma comunicação humana. Eu tinha apenas o meu próprio pensamento como companhia. Era uma companhia torturante e me perseguia sem tréguas. A memória que não era a minha procurava mostrar-me que toda a minha angústia provinha de coisas acontecidas e anulava o valor dos conceitos e sustos que me assaltavam. A minha memória, frágil e fugidia, era frequentemente desalojada pela memória que não me pertencia.

Uma manhã, pela fresta da porta do meu quarto, percebi um par de olhos dirigindo-se a mim com ternura. Entendi que a nossa inquilina desejava me conhecer pessoalmente e a sua intenção era a de fazê-lo, mais cedo ou mais tarde. Não vi curiosidade no seu gesto. A frequência em olhar-me, deu-me a certeza de que, com o passar dos dias, havia um traço de compreensão com a minha mudez e isso significava para mim um indício da sua qualidade humana. Não aparecia diariamente, e quando surgia na porta entreaberta oferecia-me um sorriso e desaparecia. Vi que tomara o propósito de me recuperar. Às vezes, dava-me um bom-dia, ou um boa-noite, com voz amiga e mais nada.

— Precisei contar à nossa inquilina quem ocupa o quarto ao lado da cozinha — disse minha mãe à minha irmã.

— E por que fez isso? Ninguém tem nada com o que se passa na nossa família. Amanhã essa mulher sai por aí espalhando que tenho uma irmã muda e abobalhada, e isso vai me desmoralizar. Vão pensar que eu também sou do mesmo ramo da doença. O que tem a nossa inquilina de espionar a nossa intimidade? Fez muito mal em contar o que com tanto trabalho escondemos nestes anos. Não é nenhuma glória ter na família uma pessoa muda e sentada dia e noite numa poltrona. Isso assusta qualquer pessoa normal. — Minha irmã mostrou-se extremamente irritada com minha mãe. — Assim, estraga a nossa vida, e aumenta os mexericos da vizinhança. O internamento dela num sanatório teria cortado o mal pela raiz. Mas o pai encheu-se de remorsos idiotas e agora verão os aborrecimentos que vamos ter, por deixá-la dentro da nossa casa. Pelo que acabo de ouvir, brevemente, os inquilinos nem queiram continuar morando na casa com uma abobalhada, e assim perderemos o dinheiro do aluguel.

— Se forem embora arranjaremos outros.

— Os outros também, quando souberem, irão embora — respondeu minha irmã.

— Se deixarem a nossa casa ficarei com pena. É um casal que não incomoda, não atrasa o pagamento, come pouco, faz a limpeza do próprio quarto... outro, ou outros, serão a mesma coisa?

— Se forem embora é unicamente por causa "dela" e também sua, pois não tinha nada de contar quem estava no quarto dos fundos da casa. Às vezes, penso em alugar uma vaga num apartamento de uma colega e sair daqui. Para mim é mais agradável do que viver misturada com "ela" e respingando-me com os problemas que nos traz.

— Nem pense nisso — disse minha mãe. — Ficaríamos sem a sua contribuição mensal e novamente entraríamos em dificuldade de dinheiro para a nossa manutenção.

Eu sabia que realmente minha irmã não tinha o propósito de sair de casa. Falava pelo prazer de se mostrar independente ou pelo prazer de amedrontar minha mãe. O dinheiro para minha mãe estava em escala mais importante do que a mudança da minha irmã para outro lugar.

Eu ouvia. Mas acima de ouvir, eu penetrava com mais rapidez e mais profundidade no pensamento dos outros, atravessava diariamente as repetidas formas de viver de cada um. Só havia neles uma evolução crescente: a do egoísmo. Notava o descolamento afetivo entre os membros da minha família. Todos procuravam sem esforço um caminho mais rápido às suas ambições pessoais. Pisavam-se uns nos outros sem o menor constrangimento ou respeito. Eram subservientes a si mesmos, que a meu ver era o pior e que significava um aprisionamento não imposto por alguém, por circunstâncias de fora para dentro, mas de dentro para mais dentro de cada qual. Era o aprisionamento total da pessoa, realizado pela própria pessoa. Viviam em autocombustão do espírito, da sensibilidade. Mostravam-se sem pudor, extremamente materialistas, embora se declarassem católicos. Não mostravam um mínimo de reflexão quando falavam da alma. Da alma dos outros. Esqueciam das suas, e em seu lugar colocavam as exigências mais insignificantes da vida sem outro objetivo senão o da realização pessoal. Mas o que entendiam como realização pessoal? Imaginavam que a obrigação de possuir uma alma era restrita aos que viviam num convento. Uma forma profundamente melancólica de se desvalorizarem como gente. O conceito de gente, na minha família, limitava-se ao egoísmo cada vez maior, que denominavam como forma atualizada de viver e de acompanhar os condicionamentos modernos. Apagavam os últimos traços de responsabilidade sobre suas próprias pessoas. Era um mundo incompatível com o meu. Eu me considerava ignorante dessa realidade, e ao mesmo tempo que eu me sentia tão marginalizada, a memória que não era a minha voltava e levava-me para o futuro sem depois e fazia-me ver o que já havia mostrado. Sentia-me então consolada nas minhas aflições. Tudo se tornava um futuro conhecido e adivinhado, retirando do meu pensamento os espantos passageiros.

Como vivia isolada no meu quarto, o meu corpo transformara-se em pensamento. Pensamento sempre em dúvida em relação a mim e ao comportamento dos outros. Nunca chegava a colher uma perspectiva exata da paisagem humana. Senti-me sem interrupção, percorrendo escuros corredores que findavam numa alta muralha. Os rostos eram como um produto fabricado em série por uma misteriosa máquina gigantesca e poderosa. Os meus olhos ouviam conversas sem significação, palavras de desconfiança, alegria extemporânea como a do louco que não necessita de razões para se alegrar ou de motivos para se lamentar. Um mundo burocratizado, cumprindo regulamentos inteiramente inúteis, sem a menor função a não ser a da ociosidade mental. Uma desorganização interior organizada na ordem vegetativa. Meu pai, minha mãe, minha irmã e o meu marido, todos vivendo uma existência burocrática sem salvação. A única movimentação que eu percebia era a do egoísmo, a da indiferença, a da insensibilidade ordenando a sobrevivência do superficial. A minha família não sofria de digladiações íntimas. Além do triste conceito de realização pessoal, era o vazio.

Seria isto uma nova forma de encontrar a paz? Eu refletia, e por refletir sentia-me no dever de aceitá-los com os seus vazios inconscientes, suas ambições rasteiras, suas reações mesquinhas e os seus egoísmos defensivos. E, para não cair no mesmo desperdício de vida, senti que precisava amá-los como gente. Amá-los? Mas, amá-los com que forças, com que motivações? A memória que não era a minha, ainda não havia exigido de mim esse amor. Ao contrário. Ela exigira que eu antes me amasse para purificar o meu espírito. E isso não era igualmente uma forma de egoísmo? Caí em angústia. Mesmo para me amar eu necessitava possuir uma memória própria, uma memória minha.

Lentamente a nossa inquilina conseguia uma aproximação humana com a minha figura alienada, muda e amolecida. No estado em que eu me encontrava, a nossa inquilina sentiu uma motivação para si mesma: o apelo dos seus sentimentos missionários. Eu percebia através da memória que não era a minha, a sua intenção. Não recusei e nem aceitei com esperanças a sua insistência em me conhecer mais de perto. Esperança de quê? Por quê? Aceitava apenas o seu aparecimento mais amiudado, sem especulações. Sem determinar com profundidade as razões dela ou as minhas.

— Com licença. Posso entrar? Há dias estamos morando aqui e desde que cheguei tive vontade de visitá-la. Hoje, para não cansá-la, trouxe-lhe apenas uma rosa para acompanhá-la. Se permitir virei sempre. Se não a incomodo.

Continuei muda, porém os meus olhos agradeceram a aparição suave daquela mulher moça, vestida com simplicidade.

À noite, meu marido e minha irmã ficaram conversando na sala como faziam nas últimas semanas. Depois, resolveram ir até à cozinha beber água e sentaram-se em volta de uma pequena mesa.

— Já resolvemos em grande parte o nosso problema financeiro com esse casal de pensionistas. Os gastos da casa estão praticamente equilibrados. Parece gente simpática e tranquila. Se não mudarem de comportamento, se como inquilinos não alterarem o nosso ambiente, será até uma ideia luminosa a de alugarmos o quarto. Agora, da nossa parte, por enquanto nada podemos fazer nem decidir. Queira ou não, diz a lei, que sou um homem casado e nem me desquitar posso em consequência do estado dela. Para todos os efeitos ela sofre de amnésia. E a lei não concede o desquite quando uma das partes está impossibilitada de deliberar conscientemente sobre o fato. Assim é, que nos resta esperar a sua total recuperação, ou a... Nós nos amamos, e isto é o mais importante. Curioso é também que nunca olhei para você com outro sentimento senão o de irmão para irmã, e repentinamente, sem a menor premeditação, de um dia para outro verifiquei a mudança radical dos meus sentimentos. Mas vivendo como vivemos agora um secreto noivado, parece-me impossível distanciar-me de você ou até mesmo de raciccinar sobre as condições desse amor que sinto haver sempre existido, mas nunca percebido. — Assim falava o meu marido em tom confessional à minha irmã.

Não recebi nenhuma alteração na minha alma. Não senti a menor sombra de ciúmes ou de revolta. Estava acontecendo o acontecido.

Minha irmã ouviu as palavras de amor do meu marido em silêncio.

A sua vida mudara novamente. Abandonou os programas festivos com as amigas, deixou de sair à noite e não mais estava tomada de uma ânsia desvairada de liberdade e de sonhos pueris. Vi, também, que não entrava em luta com o remorso, mas não podia controlar o seu ódio por mim. Eu significava um obstáculo ao seu amor. Tornava-se cada dia mais obsessiva contra a minha existência. Percebi inclusive, na duração de um instante, o ímpeto de me envenenar.

Eu estranhava a minha absoluta tranquilidade com o procedimento de minha irmã e o do meu marido. Para mim era um fato superado no meu conhecimento e por isso pairava, auxiliada pela memória que não era a minha, acima desses fatos. Eu fora advertida dos acontecimentos futuros. E aquilo era o futuro que eu vivera quando morta.

Minha mãe com as despesas da casa mais atenuadas, graças ao casal de inquilinos, diminuíra um pouco as lamentações pela falta de dinheiro. Em compensação, lamentava a minha existência inútil ocupando um quarto que poderia lhe dar um rendimento maior. Abria a porta do meu quarto com ar irritado, uma vez ao dia, e deixava o prato com alimento, passava por alto os olhos no compartimento e depois me fixava secamente ligando a minha presença a um prejuízo à sua bolsa. Eu ouvia com os olhos o desenrolar do seu pensamento.

Meu pai, pela qualidade da sua natureza, feita de tímidas e minúsculas acomodações, também, quase não entrava no meu quarto. Creio que mais por temor de desagradar a minha irmã, meu marido e minha mãe, se tomasse atitudes contrárias às que haviam sido por eles determinadas. Meu pai fugia de atritos, embora muitas vezes se usasse um pouco de autoridade levasse um traço de razão aos meus familiares. Eu não sofria com o seu comportamento. Eu compreendia inteiramente a sua pusilanimidade. Os meus sofrimentos, as minhas tremendas confusões, os choques constantes no meu espírito, deixados pela memória que não era a minha, transformavam tudo em mesquinharias próprias de seres flutuantes. O comportamento humano verticalmente egoísta pulverizava os fatos sem a necessidade da participação da minha revolta. Em conclusão: para a minha família eu era um transtorno à sua paz e aos seus lucros; um transtorno, uma vergonha. Tratavam-me como uma criatura abobalhada, incapaz de raciocinar, de pensar ou de querer qualquer coisa. Entretanto, eu era uma pessoa, eu conhecia além das pessoas, eu queria uma definição que não partia das pessoas. Pelo menos daquelas com quem eu convivia. Nesses três elementos a minha vida era um todo indivisível: a unidade da minha existência, a unidade do meu raciocínio e a unidade da minha essência.

Aceitei a incompreensão da minha família pela total impossibilidade de me verem como um conjunto de elementos inseparáveis. Não poderiam eles de forma alguma aceitar ou entender o meu estado de alienamento por conhecimentos incomuns e inesperados. A verdade era que eu estava diante de mim mesma, que eu me examinava e que vivia uma memória que não era a minha. Sentia-me tríplice, mas sem poderes para regular ou amainar a presença marcante da memória que não me pertencia. Impossibilitada de substituí-la pela minha memória natural e primária, feita de esquecimentos que reproduzem a continuação de erros e medos. Possivelmente a minha família estaria mais acertada julgando-me uma enferma mental e, em consequência, justificando-me como um estorvo digno de um desprezo crescente. Não me faltavam língua, nem voz. Faltava-me a convicção nos resultados de uma explicação direta e verdadeira da razão do meu fenômeno ocasional. Pensei um dia em confessar-me. Mas onde encontrar um sacerdote que sentisse a minha confusão de espírito, que não concordasse igualmente com o diagnóstico da minha família e, em vez de arrancar aos poucos a minha aflição, o meu desespero da alma, tratasse-me unicamente com caridade apropriada a uma doente? Se lhe dissesse que eu havia sido, que eu não era e que já pertencia a um futuro sem depois, certamente o sacerdote me colocaria na lista dos definitivamente irrecuperáveis.

— Bom dia. Posso entrar?

Reconheci a musicalidade da voz da mulher que recentemente habitava o quarto em que eu estivera. Entrou sem esperar a minha resposta. Dessa vez trouxe-me uma maçã. Colocou-a na minha mão e com satisfação no rosto elogiou o meu olhar "mais brilhante, mais vivo", disse ela.

Contou-me pequenos acidentes da sua vida como se estivesse me preparando para ouvir, em outro dia, a soma de experiências atravessadas em sofrimento.

— Você me lembra a minha filha. Cabelos claros, rosto ovalado, olhos escuros... Bem, não quero incomodá-la. Voltarei amanhã. Tenho um enorme prazer em vê-la, mesmo que continue sem me mostrar a sua voz.

Saiu mansamente. No quarto ficou o perfume da maçã que eu retinha na mão. A imagem de uma beleza ofertada.

Eu "lembrava-lhe a sua filha" havia dito. Mas uma das imposições de minha mãe ao decidir alugar o quarto fora a de "casal sem filhos". Por que eu lhe lembrava a sua filha? Na casa não havia nenhuma criança.

Todos os dias era eu visitada pela inquilina dos meus pais. Aparecia em horas diferentes e com ternura mais acentuada. Assim também, o tempo da visita prolongava-se. Os rápidos minutos da primeira visita transformaram-se em quase uma hora. Não esperava que eu respondesse. Contentava-se em contar-me parte da sua vida e particularmente do amor pelo seu marido, que afirmava ser retribuído com a mesma intensidade, apesar, esclarecia ela, dos terríveis choques e desconsolos que o destino lhes apresentara na tentativa de desuni-los. Contou-me, também, que a sua principal ocupação era a de pensar, a de investigar os mistérios do seu próprio pensamento. Isto a levava a ler cada vez mais, entretanto, quanto mais lia verificava que menos sabia.

O marido dirigia um asilo de meninos órfãos, que construíra depois de se desfazer de todos os seus bens materiais. Haviam prometido entre si passarem uma vida franciscana. Apenas com o essencial. Eram felizes e tranquilos. A paz de não possuírem excessos materiais os unira com um amor imperturbável.

— A qualquer momento vou trazer o meu marido para você conhecê-lo. É um homem admirável, inteligente, culto e, principalmente, possui uma compreensão absoluta de todas as fraquezas humanas. É um homem bom. Conscientemente bom, porque acredita que a bondade é uma virtude que deve ser conquistada e não herdada. Por haver chegado a uma notável compreensão, aceita com simplicidade os erros alheios. Não fosse ele, o seu exemplo, eu seria uma mulher revoltada, cruel e áspera no trato com a humanidade. Temos um pequeno círculo de amigos inteligentes e com mentalidade superior ao comum, embora todos façam uma vida aparentemente igual aos que não têm o mesmo nível de conhecimentos. Todos casados, com filhos e de profissões diferentes. Reunimo-nos frequentemente em casa de um deles. Tenho certeza que vai gostar de conhecê-los. São muito simples e particularmente muito inteligentes. Gostará de ouvi-los?

Eu continuava sem emitir uma palavra. Mas os meus olhos a ouviam com prazer comunicante.

Era uma mulher educada, limpa, com noção exata da oportunidade de falar e de se movimentar. Uma figura especial. Havia muita vivência no som da sua voz e na sobriedade dos seus gestos. Trazia uma doçura incomum na sua fisionomia. Era a primeira manifestação de ausência de egoísmo e de mediocridade que entrava na casa da minha família. Sem dialogar com ela, o monólogo dessa criatura dava-me a sensação de estar assistindo a acontecimentos diversos, dirigidos por uma lógica serena e irrespondível. Sempre me trazia uma flor, uma fruta, uma folha de arbusto, um pedaço pequeno de madeira ou uma pedra encontrada na rua. Para cada uma dessas ofertas tinha uma forma original e bela de apresentá-la.

— Hoje encontrei na calçada esta pedrinha. Lembrei-me de você. Repare como brilha, como a sua cor é diferente, como o seu peso consola a mão que a prende. Experimente — disse-me. — Estava ela tão perdida, tão abandonada que cheguei a ouvir o seu pranto. Quem a teria jogado fora? De onde teria vindo tão sozinha, tão desprezada? É tão linda que merecia estar num anel em lugar de um brilhante. Amo as coisas imperceptíveis, as coisas abandonadas. Penso sempre que elas precisam de mim, necessitam do meu afeto e da minha defesa. Meu marido compreende o meu sentimento e alia-se às minhas pequenas descobertas sempre que trago da rua uma flor murcha, ou um graveto seco. Você sabe, nós dois temos uma forma especial e autêntica de ver e de sentir o que os outros não veem e não sentem. A folha de arbusto que ontem eu lhe trouxe, possuía uma vida intensa na sua contextura. Tinha semelhança com o aparelho circulatório da gente. Tinha veias como gente, defesas de gente e beleza de gente. Examinei-a detidamente, e no instante em que recolhi toda a sua beleza entendi que seria um lindo presente para você. Por isso a trouxe. Da mesma maneira trouxe-lhe agora esta pequenina pedra encontrada na calçada. Gostou? Sei que gostou.

Ela falava e respondia por mim e sempre acertadamente. Que espécie de criatura seria? Onde vivera antes de ser inquilina da minha família? Por que me visitava? Como teria sabido do meu encasulamento? Como teria recebido a notícia da minha mudez e imobilidade? Talvez um dia, espontaneamente, durante uma conversa, eu chegasse a obter todas essas respostas. Talvez ela fosse também uma pessoa extraordinariamente paciente com os enfermos e com isso resgatasse alguma falta a si mesma atribuída. Estranha pessoa e inesperada amiga. Percebi que as suas diárias visitas sempre conversando assuntos diferentes e surpreendentes traziam ao meu espírito uma espécie de ativação, como se o meu raciocínio estivesse recebendo uma lubrificação, acionando-se e libertando-se da tremenda confusão que o assaltara havia muito tempo. Um dia trouxe-me a fotografia de uma adolescente.

— Tão linda. Começava a abrir-se para o mundo. Nós a amávamos mais do que a nós mesmos. Era o nosso infinito divino, significava os nossos cinco sentidos. Trouxe-lhe a fotografia para que ela, a nossa menina, a conheça e lhe faça um pouco de companhia quando estiver sozinha. Precisamos sempre da presença da beleza em todos os instantes da vida. Se não fosse o belo, o que seria de nós transpirando os terríveis odores que se acumulam nos sentimentos estagnados. Ensino o meu espírito a encontrar belezas em tudo que impressiona os meus sentidos e provocando-o à contemplação. Na contemplação sinto-me inteiramente entregue ao que vejo, ao que toco, ao que percebo além dos olhos.

E fixando-me indagou:

— Você compreende o que digo? Tudo tem um significado de forma, sem representação de fim.

Encantada com a figura serena e doce dessa mulher, atraída pelas suas palavras e suas interpretações, ensaiei um sorriso que foi por ela percebido.

— Obrigada. Muito obrigada — disse ela.

Sem esforço maior da minha parte, como se eu não me encontrasse há tanto tempo em completa mudez, com voz enfraquecida perguntei:

— De quê?

— Pelo sorriso que recebi.

Vi no seu rosto a surpresa em ouvir a minha voz. Controlou o seu espanto, e alguns minutos depois, forçando uma estável naturalidade, beijou a minha cabeça, ajeitou os meus cabelos e, pretextando algum afazer no seu quarto, saiu fechando a porta com cuidado, como se eu fosse uma criança entrando em sono.

O que iria acontecer agora? Como seria a reação da minha família ao tomar conhecimento de que eu não ficara definitivamente muda? Alegrar-se-ia?

Os dias passaram e certifiquei-me de que a nossa inquilina nada dissera e continuava a visitar-me, mais frequentemente, apresentando-se com uma naturalidade surpreendente. Não fez o menor comentário sobre a sua surpresa. Se no momento faltava-me vontade para responder, ela o fazia por mim. Tinha o propósito de não me espantar com o seu espanto. Não pretendia impor nenhuma disciplina à minha apatia. Que estranha coincidência o seu aparecimento luminoso quando somente a escuridão baixara sobre a minha alma!

Possuía o dom de explicar as coisas de maneira fácil e satisfatória, como se tivesse alguma condição anterior ao raciocínio. O meu conhecimento do passado e do futuro sem depois, recordados pela memória que não era a minha, estaria mais exato, mais lúcido do que as palavras, as reflexões dessa mulher carregada de ternuras sem semelhança com a caridade? Coincidência o nosso encontro. Havia uma concomitância acidental de dois ou vários fenômenos na aproximação de nós duas. Pela naturalidade ou pelo receio de assustar o meu pensamento, a verdade era, que o fato de ela ouvir a minha voz não me parecia haver lhe causado nenhuma alteração. Continuava doce, simples nas suas conversas. Não ria. Apenas sorria com a musicalidade da sua alma e da sua extraordinária inteligência. Quando entrava no meu quarto, sempre trazia alguma coisa para me oferecer. Um dos últimos presentes foi a pena de um pássaro que encontrara no quintal da casa.

— Veja que coisa maravilhosa, que delicadeza, que finura, que harmonia de cores e matizes nessa pequenina pluma desprendida do corpo de um pássaro. Certamente, pela época do ano, o bichinho está renovando a sua vestimenta.

Dom especial para descobrir nas insignificâncias o mistério da vida criada tinha essa mulher de olhos mansos. Percebia o volume da existência nas formas mais imperceptíveis e desprezadas por todos. Quem seria essa criatura surgida em minha casa através de um anúncio de jornal, carregando uma estreita comunicação com o belo? Por que escolhera de preferência a nossa casa?

Comecei a sentir-me profundamente cansada comigo mesma. Um ardor crescente nos ossos da minha cabeça levou-me a descer as pálpebras à procura de um repouso que sabia não encontrar externa ou internamente no meu corpo.

A minha família mostrou-se curiosa pelas constantes visitas da sua inquilina ao meu quarto.

— O que fará diante de uma pessoa muda e parada? — indagou minha mãe à minha irmã.

— Não estou interessada em saber. Certamente uma louca encontrou-se com outra louca e se divertem olhando-se. Como não lhe proporcionamos nenhuma intimidade além da saudação normal pela manhã, e encontrando-se isolada, procura entender-se e conversar com a nossa "muda". É um desabafo como cantar, rezar ou fazer crochê. Não nos incomoda, logo, não nos devemos ocupar com a maneira como passa o tempo e nem o que diz nas horas em que está metida no quarto da "doente".

À noite, a nossa inquilina entrou no meu quarto.

— Já prometi trazer o meu marido para conhecê-la. A qualquer momento cumprirei a promessa. Verá como ele é admirável. Não quero ser ingrata com o grupo de amigos valiosos que temos. São tão inteligentes, dignificam de forma tão alta as manifestações da vida humana, que seria uma omissão imperdoável não trazê-los também para que os conheça. Não poderia jamais esquecer da ajuda valiosa que me deram no processamento da recuperação dos meus sentidos até então estagnados na superficialidade dos meus pensamentos. Você os conhecerá. Mais tarde, é claro. Quando tiver vontade de vê-los.

Fixei-a e indaguei de mim mesma: Terei vontade algum dia? Terei necessidade de conhecê-los? De que, e em que substância vivo? Da coisa pensante cujo atributo essencial é a extensão? Que medida terá a extensão para calcular a paciência de travar conhecimentos com mais alguém? Deu-me a impressão que conhecer mais alguém seria um dever imposto acima da minha exaustão.

A minha família permanecia nos seus problemas rasos, nos seus comentários estreitos, nas suas mornas trivialidades, porém cultivando com mais entusiasmo o seu egoísmo. Parecia uma família, mas não era. Cada um secretamente procurava destruir o outro na defesa do seu bem-estar. Para eles as visitas diárias que a sua inquilina fazia a mim tinham um proveito: o trabalho de enfermeira grátis. Raramente entravam no meu quarto. Deixavam que tudo corresse por conta da "enfermeira". Também não manifestavam nenhuma curiosidade pelos assuntos ou pelas conversas que a "enfermeira" mantinha comigo. A inquilina transformou-se em benefício ocupando-se comigo e assim livrando a minha família dos seus mínimos deveres.

Sentia que a minha irmã deixava-se levar com encantamento pelo amor do meu marido. Portavam-se como noivos. Eu não existia. Muitas vezes os vi abraçando-se com carinho extremado. O que poderia eu pensar? Que argumentos poderia apresentar a mim mesma para justificar a minha presença, se para eles eu não passava de uma abstração e, para o meu raciocínio, eu apenas revia uma cena já ultrapassada? Talvez a minha inércia fosse resultante do mal inveterado, maior do que o bem, instalado na minha origem e fixado como um hábito na minha sensibilidade. Eu não hesitava em nenhum momento em relação aos fatos, hesitava sim, em relação a mim mesma. Para essas cenas, entre a minha irmã e o meu marido, havia apenas no meu espírito a sensação de uma coisa de há muito conhecida e por ser conhecida havia perdido o rigor das reações primárias.

A memória que não era a minha dava ordens ao meu raciocínio, conduzia a minha sensibilidade, anulava o querer de gente viva. Sentia-me oprimida pelo peso de velhos séculos e muitos outros novos, como se em sonho estivesse, e o meu pensamento assemelhava-se ao esforço dos que desejam despertar, mas vencidos pelo sono se põem a dormir novamente. Eu não queria estar sempre dormindo e de acordo com a memória que não era a minha, encontrava-me melhor velando do que mergulhada no sono. Estava segura que melhor seria aceitar a realidade do acontecido do que ceder às reações do meu raciocínio parcelado e informe. Sentia várias fermentações no meu pensamento, mas sem poder qualificá-las, distingui-las para escolher a que mais se adaptasse ao apaziguamento da minha angústia. Às vezes desejava morrer. Mas seria uma morte menor. Percebi que, na aquisição de conhecimentos sempre lembrados pela memória que não era a minha, eu recebera as imagens por meio dos sentidos, imagens que só atingiam e só faziam reconhecer-me a mim mesma. Era como se eu desse voltas enormes e cansativas e regressasse inexoravelmente ao mesmo ponto de partida. Além do mais, os conhecimentos que eu possuía não provinham da minha própria memória. Eram conhecimentos adquiridos anteriormente pela memória que não me pertencia.

Não percebi quando a figura da nossa inquilina abriu a porta.

— Posso entrar? Hoje trago-lhe o meu marido que muito deseja conhecê-la. Noto que tem a fronte apertada como se quisesse prender algum pensamento. Quais são? Podemos saber?

O homem adiantou-se, apertou a minha mão, olhou-me com simpatia. Tinha um ar sofrido, mas tranquilo na sua tristeza.

— É. Você tem razão. Ela é muito parecida com a nossa filha. Lembra instantaneamente a nossa menina. A cor dos cabelos, a boca, o tom de pele...

Pela segunda vez eu ouvira "é muito parecida com a nossa filha". Talvez fosse uma filha casada, residindo fora da cidade... pensei. Sem saber por que a figura da filha entrou na minha memória. Apenas a imagem da filha, da qual eu não presumia a idade. Podia ser uma criança ou uma mulher feita. Pareceu-me ouvir, algum dia, que "era adolescente".

Passei a receber a visita dos nossos inquilinos duas vezes. Pela manhã, pela mulher e à noite, por ambos. No início eu passava a maior parte do tempo ouvindo-os, integrando-me nas suas análises sobre os obstáculos tenebrosos ou as magnificências da vida. Interiormente concordava ou não com as suas opiniões e sentindo o apaziguamento que essas duas pessoas traziam ao meu espírito, reconhecendo quanto faziam eles para a ativação do meu raciocínio.

Aos poucos soube quem era a filha tão parecida comigo. Havia morrido fazia três anos de forma súbita quando entrava no esplendor dos seus quinze anos. "Eu não sou eu. Sou uma substituição" — pensei. "Sou apenas um derivativo. Resolveram encontrar no meu rosto o traço da filha falecida." A saudade deles era como um manjar doce e amargo do qual se alimentavam na minha pessoa.

O homem permaneceu sereno, educado, analisando-me com ar de naturalidade. Logo depois convidou a mulher a retornarem ao seu quarto, justificando a rapidez da visita, com o receio de me fatigarem.

Antes mesmo que eu fizesse algum esforço para recordar o que haviam conversado, senti na boca do meu pensamento a emoção que tivera com a presença do casal. Eu não me fatigara com a conversa na qual pouco ou quase nada falei, e assim mesmo por mímica com o gesto de assentimento da cabeça, ou um sorrir sem mexer com os lábios. Sei que me deixaram num doce amparo. Creio que não me sentiria tão amparada se não me entrasse na lembrança não apenas o som que compõem as palavras, de acordo com a imagem fixada nos meus sentidos, mas principalmente pela comunicação dos sentimentos que significaram para mim a minha própria expressão. Senti-me instantaneamente fatigada dessa autopesquisa. Observei que os inquilinos tratavam os meus familiares com educação e cordialidade. Porém, só a mim ofereciam a dádiva de uma conversa, de um diálogo sobre assuntos que nunca haviam sido cogitados pelos meus familiares. Duvidei que apenas estivessem sendo caridosos com uma doente e não à procura da minha sensibilidade como ouvinte. Sempre duvidei das amizades inesperadas e instantâneas. E era o caso. Eu não me entregava. Estava sempre com o meu raciocínio e a minha sensibilidade em tensão. Suspeitava das razões dos outros e muito das minhas próprias.

Na proporção em que a minha família se distanciava de mim, eu a tinha presente a cada hora, através dos meus sentidos que me faziam uma espécie de vidente. Não necessitava ouvi-los para conhecer o que pensavam e externavam exatamente; não necessitava vê-los para saber se estavam tristes ou alegres. Para os meus familiares eu vivia dentro de quatro paredes. Para mim não havia paredes, nem portas, em nenhum lugar da casa. Não precisavam sugerir um desejo, uma ambição ou uma nova forma de egoísmo. A memória que não era a minha me trazia o que já estava acontecendo em cada um deles. Parece estranho dizer que a memória recordava o acontecimento futuro.

Mas era exatamente isto. Talvez dissessem, se pudessem compreender ou sentir alguma coisa, além do ordinário da vida, que eu possuía o dom da premonição. Mas não era precisamente isto que eu reconhecia. Como saber procurar alguma coisa se a minha memória ao achar essa coisa não podia dela recordar-se, por desconhecer a coisa procurada? O meu esquecimento não era absoluto, uma vez que a memória que não me pertencia obrigava-me a viver e conhecer o passado secular, ligado instantaneamente ao futuro sem depois. Eu só tinha o direito ao instantâneo presente, suficiente para me reconhecer como pessoa. O pouso da aflição, acompanhada da confusão, levava-me à imobilidade que a minha família diagnosticara de paralisia, de fraqueza mental com a consequência na mudez.

Eu era tantas em uma, era diversificação tão tumultuada que não conseguia selecionar a que me traria menos angústia e menor desespero. Ouvi a memória que não era a minha afirmar que eu já fora, já experimentara a fragmentação da minha forma, e serem os meus átomos espalhados no vento. Eu sentia apenas a repetição e, portanto, não tinha razões próprias a ponto de me surpreender com essa terrível pluralidade de pessoas num só corpo. A inércia que me assolava era simplesmente um resultado do esforço inútil de tentar escolher entre tantas e destoantes pessoas, uma para ser eu mesma.

E nessa luta do meu pensamento caí no desamparo do cansaço.

A minha família instalara-se numa superficial tranquilidade como as águas paradas dos charcos. Não pensavam senão nos instantes em que eram forçados a isso e assim mesmo sobre coisas insignificantes ou de significância estritamente pessoal. Se esse charco fosse remexido, subiriam à tona elementos que cada um não poderia identificar, pelo simples fato de jamais imaginarem que em tudo e em todos há um fundo guardando a oportunidade de ser tocado.

Distanciados de mim, embora sob o mesmo teto, a prestimosa presença da nossa inquilina diariamente no meu quarto trazia-lhes uma leviana curiosidade.

— O que terá ela para ser procurada por gente estranha? — Muitas vezes ouvi essa indagação de minha mãe ao meu marido.

Uma noite o casal de inquilinos entrou no meu quarto como de costume, porém dessa vez senti um leve florescimento de vida. Não sei por quê. Talvez um sentimento de repouso ao pensar que os novos amigos partiriam a pressão de mais uma noite carregada de fantasmas e de indagações a mim mesma.

— Vejo que está bem melhor — disse-me o homem, apertando-me a mão. — Viemos para conversar. Estávamos sozinhos, falando sobre vários assuntos quando lembramos que uma conversa com três pessoas possui mais amplidão para o raciocínio. Possivelmente ficaremos sem a sua participação como sempre. Mesmo assim a sua presença, a sua atenção, o seu olhar substitui a palavra que ainda não deseja pronunciar. Nós compreendemos e esperamos com paciência o dia, o momento em que sentir vontade de opinar e de participar da nossa maneira de interpretar o sentido da vida. Não são formas originais. São apenas diferentes, e as diferenciações que sempre encontramos são fascinantes.

A mulher apertou carinhosamente a minha mão e deu-me um beijo na testa. Senti-me como colocada no princípio de alguma coisa.

— Falávamos havia pouco, nós dois, sobre o amor que nos parece, com o passar do tempo, o sentimento mais difícil de ser mantido pelo homem. O amor é cansaço, é insegurança, é desconfiança e, principalmente, uma análise secreta e permanente entre duas pessoas que se amam. Quanto mais se ama, maior é a separação entre duas criaturas por força dessa análise que um faz contra o outro. Para manter o amor, com esse nome, é necessário aplicarmos o lirismo como uma espécie de defesa que conduz os nossos sentimentos às bordas da alma, onde há a conjugação do universo com a ação do homem. Fora disso resta apenas o desejo passageiro que as pessoas confundem com o amor. A prova está na mudança repentina entre o período de noivado e o do casamento. O Amor, esse é muito difícil de sustentação, pois que a sua sustentação exige demasiados sacrifícios, compreensões, doações e ainda a definição da própria pessoa que ama. Encontra na minha exposição algum obstáculo ao raciocínio?

Esperei alguns segundos. Verifiquei se realmente estava com vontade de responder e, mais pelo receio de me tornar antipática e perder a companhia amiga do casal com os meus silêncios, do que pelo prazer de conversar, vagarosamente respondi, observando na fisionomia de ambos a reação pela surpresa de ouvirem a minha voz.

— Não sou dos que pensam que o amor só pode ser creditado e ampliado no gozo do corpo da criatura amada. Também não penso que esse aspecto do amor tenha definição na luxúria. Seria negar uma determinação de Deus pois, se criou diferença de sexo, sabia que nessa diferença se consumaria a multiplicação dos homens. Em parte, vejo razões na sua explanação quando diz que há necessidade de exercer o amor com uma pronunciada dose de lirismo, uma limpa predisposição do espírito para a paciência, o perdão, e a compreensão para evitar que o amor se transforme unicamente numa necessidade biológica. A qualidade especial do amor é quando é Amor, quando não depende da transformação que o tempo traz, escurecendo a mente e apagando o corpo. Para esse amor é imprescindível que o homem não admita a escuridão do seu espírito. O amor absoluto é quase desconhecido pelas criaturas. Amor sem reciprocidade do amado, que penetra em todas as expressões do amor, em razão e benefício do amado. É a identificação com o cosmo. Absoluto, porque não depende de provações ou possíveis mudanças de particularidades, atividades e dons. Para isso é necessária uma dose assegurada de misticismo. Mas, por que vocês dois sozinhos no quarto estavam falando sobre o amor nesses termos? — indaguei com curiosidade.

Em princípio recebi um prolongado silêncio do casal amigo. Eu nunca falara tanto, com ninguém, depois da minha completa mudez. Eles não conheciam o tom da minha voz, não conheciam a ordenação do meu pensamento e a direção das minhas palavras. Estavam inteiramente surpreendidos com a minha participação na conversa. Talvez não esperassem que isso acontecesse em prazo tão curto.

— Falávamos de amor, estabelecendo diferenças entre o que sentimos pelas nossas crianças do asilo, a qualidade difícil do amor entre nós dois, a espécie de amor que dedicamos ao nosso pequeno grupo de amigos e do amor que todos devemos ter, indiscriminadamente, pelos nossos semelhantes e que não temos. Indagávamo-nos qual deles predominava com mais segurança em nós dois, casados há muitos anos, experimentados em sofrimentos iguais, em desconfianças mútuas e em recíprocas análises secretas que inevitavelmente fazemos um do outro. Não é um aspecto válido para o estudo do comportamento da pessoa humana?

— Todos os temas da vida são válidos. Abordando a grandeza dos santos ou a coragem irresponsável dos criminosos. Todos os temas em todos os seus ângulos são válidos para todos nós, são sempre estudados, repetidos, observados e jamais justificados senão pela sabedoria divina — respondi, como se desejasse colocar um ponto final no assunto.

— É — disse o marido. — É uma conversa complexa que pede uma análise mais detalhada e em tempo maior. Quando houver outra oportunidade iremos debatê-la.

— Quando houver outra oportunidade sem ser premeditadamente programada. Tenho horror aos assuntos sujeitos obrigatoriamente a debates em dias e horas marcados. Tenho repulsa a conversas colocadas disciplinadamente em termos intelectuais. Criam um ambiente forçado no qual cada um deseja ser mais inteligente e mais intelectual do que o outro. Forma-se uma elite superiorizada que foge inteiramente da correnteza da vida. Torna-se uma espécie de obrigação de raciocinar como sábios que ignoram a insensatez das suas sabedorias.

— Concordo. Bem, agora já é tarde. Vamos dormir. Obrigado pela sua conversa e a sua simpatia — disse o marido.

A mulher permaneceu todo o tempo em silêncio ao meu lado, observando com prazer o rumo da conversa do marido comigo.

Não sei se melhorei o meu estado de espírito, ou se fiquei mais intranquila ao expressar o meu pensamento aos dois visitantes. Não dormi bem. A sensação de ouvir frases dispersas, a de haver sido ridícula ao dar a minha opinião num tom de verdade única, cobriu-me de constrangimento. "Que tolice a minha — pensei — falar o que todos sabem como se somente eu sentisse os sentimentos e as razões que pertencem a cada um e de maneira diferente? E por que falei? Senti alguma necessidade em fazê-lo? Creio que não. Acredito que tenha sido pela falta de liberdade no receio de ser desagradável com quem me traz um pouco de ternura humana. Alguém que não faz do egoísmo a conquista do corpo. Não sei e não quero deter-me na análise da minha inesperada atitude... Que semelhança há no meu espírito com a deles?"

A ideia dos nossos inquilinos em trazerem os seus amigos para conhecê-los, em princípio, não foi do meu agrado. Significava para mim uma restrição ao meu isolamento.

Eu teria forçosamente de responder o mínimo que fosse às perguntas dos nossos visitantes. No fundo eu preferia ficar comigo mesma, sem me dividir, sem fragmentar-me, sem forçar-me a cordialidades sociais. E depois, que interesse eu poderia significar para eles? Em que poderia eu contribuir para reforçá-los intelectualmente mais? Como acidente, eu poderia existir ou não, nos seus conhecimentos sem alterar as suas razões já definidas. Sentia-me lesada no meu isolamento só em pensar que iria conhecer mais alguém.

Na manhã seguinte, o meu marido, em conversa com a minha irmã, anunciou que estava tratando da compra de um carro de segunda mão, por preço convidativo e em condições apreciáveis.

— Não é um carro novo. Mas é um carro que nos proporcionará passeios agradáveis. E, além disso, hoje quem não possui um carro mesmo já usado não é pessoa de categoria. Posso ter muita inteligência, capacidade extraordinária para o trabalho, mas se não tiver um carro meu, a inteligência e a capacidade não contam para vencer na vida. Conheço homens improdutivos, pouco inteligentes, de instrução primária e alguns até de caráter duvidoso que, pelo simples fato de possuírem um carro são recebidos e tratados com atenção especial, pela maioria dos grupos de condições abastadas, como elementos de valor. Hoje um carro é, além de um brasão, um "abre-te sésamo". — Meu marido irradiava felicidade com a provável aquisição de um carro.

— Que história é essa que ouvi da compra de um automóvel? — indagou minha mãe, entrando na sala.

— Você já pensou nos gastos que um carro exige? Como e com que vai comprá-lo?

— Como auxiliar de corretor, economizei o necessário para dar o sinal. Mensalmente pagarei o restante da dívida parcelada. Quero progredir e sem essa "arma" dos dias atuais, os meus esforços ficam perdidos. É um sonho meu e vou realizá-lo, mesmo que tenha de me privar de coisas necessárias. Em vez de almoçar na cidade, passo a comer de pé um sanduíche. Se precisar suprimir o sanduíche a favor do carro, tomarei café. À noite jantarei aqui. Mas abrir mão de um carro mesmo usado, isso não faço. Ele será a abertura da picada para uma estrada mais larga. Já imaginou a cara dos nossos vizinhos ao saberem que possuo um carro? Prefiro mil vezes atravessar necessidades a abster-me desse conforto.

— Mas as despesas com a nossa família não sofrerão com essa compra inesperada? — disse minha mãe inquieta.

— Acho uma ideia genial, a da aquisição de um carro. Podemos passear à vontade, a qualquer hora do dia e da noite. E no conceito dos nossos vizinhos e amigos subiremos muitos degraus pelo fato de termos um automóvel. É sinal de progresso. É sairmos do nada para uma situação mais elevada. E a inveja dos vizinhos não vale nada, não significa o reconhecimento que somos alguma coisa mais do que eles? — contestou minha irmã às restrições medrosas de minha mãe.

— Se o carro não prejudicar o nosso orçamento familiar, penso que a ideia poderá ser boa e trazer-nos até uma economia. Em vez de seu pai e você gastarem dinheiro em condução para o trabalho, poderão ir e vir de carro — comentou minha mãe, dirigindo-se à minha irmã. Meu marido, rispidamente, retrucou:

— Não é bem isso, nem para isso que vou comprar um carro. Quem até agora, como o "velho", foi e regressou da repartição em ônibus, poderá continuar a fazê-lo, usando os mesmos meios. Não vou comprar um automóvel para ficar preso aos horários dele. Não vou me transformar em motorista do "velho". Nos meus planos estão apenas o uso do carro para mim e para você na minha companhia. Levo-a ao trabalho e apanho-a na saída. Além disso, não vou ficar a serviço de mais ninguém da casa. Era só o que faltava! Progredir à custa do meu trabalho e das minhas economias para dividir com outros o meu conforto pessoal — explicou-se o meu marido olhando para a minha irmã.

Meu marido definiu-se em voz alterada, sem deixar à minha mãe nenhum argumento conciliador.

— Ele tem toda a razão — acrescentou minha irmã. — Afinal, que obrigação tem com vocês além da importância em dinheiro que mensalmente entrega pela ocupação de um quarto e de refeições sempre iguais e escassas? A grande maioria dos funcionários públicos da categoria do pai anda de trem ou quando muito de ônibus. Se todos andassem de carro particular não precisaríamos de trens suburbanos, nem de linhas de ônibus. Comprar um carro, mesmo usado, é um privilégio e nem a todos é dado privilégio. O mundo tem suas prateleiras sociais e as mais altas e confortáveis pertencem aos grandes privilegiados. Viver a vida no conforto pessoal está em razão da capacidade de ambição dos homens jovens. Os velhos que na mocidade não tiveram ambições, têm de aceitar uma velhice de sacrifício e de restrições em consequência da vida rasteira que desejaram. E por falar no velho, associando ideias, soube que o instituto vai facilitar a compra de sepulturas para os funcionários, com descontos em folha com importâncias mínimas. O pai já sabe disso? É preciso pensar em comprar a prestações um pedaço de terra num cemitério. Já está em tempo, embora eu sinta que "ela" ainda vai primeiro do que o pai. Um deles pode morrer de uma hora para outra e além da ajuda do instituto para o funeral, se não adquirir a sua sepultura, enquanto estiver vivo, não teremos dinheiro para comprá-la. Tornando-se proprietário de um pedaço de chão teremos também direito de enterrá-la no mesmo lugar. No caminho natural da vida, depois do pai, "ela" será a ocupante da sepultura. Nós — referia-se ao meu marido e a si própria — ainda teremos pela frente muita vida a viver. Somos moços, sadios e felizes, e nada melhor à ambição de vencer ainda na juventude do que uma boa saúde. Não se espantem. Já disse que sou muito prática e raciocino diretamente com a realidade.

Minha irmã expôs o seu egoísmo e a sua insensibilidade com visível vaidade. Tinha a sua forma objetiva de calcular o imponderável como se o imponderável fosse um par de chinelos velhos. Considerava-se uma pessoa atualizada.

Senti que flutuava num mundo estranho, mas rigorosamente verdadeiro. "Aquilo" era uma família. A minha família, embora eu não me sentisse parte desse grupo familiar. Quem sabe, pela crise de prolongada apatia e completa mudez que sofrera durante vários anos, estivesse eu inteiramente marginalizada do tempo presente, rápido, no qual a minha família vivia um futuro promissor e positivado em vitórias e conquistas asseguradas. Cada um defendia os seus interesses pautados em vantagens materiais, cada um procurava abertamente a destruição do outro, mesmo que esse outro fosse parte integrante da mesma família. Eu poderia, com esforço, compreender que esse procedimento melancólico existisse entre grupos diferentes, entre seres desligados sentimentalmente de outros grupos humanos formados por desconhecidos, mas estranhava as cenas diárias das pessoas da minha família. Sobrevivência animal? Por acaso também não somos animais? Na minha família não existia a fraternidade, a amizade, a colaboração, a cooperação, o desprendimento e nem mesmo um temor natural de erro de cálculo sobre a surpreendente ação da vida, ou se quisermos, do destino. Não possuíam receios, sentimento de respeito à pessoa humana. Entregavam-se totalmente à força do egoísmo e o cultivavam como glória e insensibilidade. Seria isso o processo inevitável da vida da humanidade? Eu não os designava como impiedosos. Sendo a piedade uma das virtudes mais difíceis de serem alcançadas, uma das mais difíceis de serem exercidas, pois tem sua base na misericórdia que é força e grandeza só pertencentes a Deus, eu logicamente não poderia identificá-los nessa grandeza divina. Quando ouço dizer que fulano é impiedoso ou é piedoso, sei que desconhecem as raízes, a profundidade e a largueza da palavra. E sei, porque a memória que não é a minha mostrou-me, também, que a piedade é o mais inquietante sintoma no aperfeiçoamento do espírito, a mais alta cultura da alma. Na minha família eu não via a menor sombra dessas condições. Não poderia então designá-la de impiedosa. Desconheciam a noção da palavra, ignoravam a estrutura dessa virtude. Nem ao menos sentiam compaixão, sentimento compassivo ao sofrimento alheio. Como poderiam então ser piedosos, expressão suprema da misericórdia divina?

Meu pai não teve conhecimento da compra do carro que, muito antes de ser comprado pelo meu marido, já mudara o ambiente da família. Meu marido, minha irmã e minha mãe pareciam crianças com a chegada do Papai Noel. O automóvel os dignificara, os colocara em plano de superioridade ao dos nossos vizinhos e amigos. Alegravam-se ao imaginar o peso da inveja que iria desabar sobre a vizinhança.

— Posso entrar? — A voz da nossa inquilina surgiu no meu quarto antes da sua doce figura.

— Pode, e sempre — respondi com alegria no olhar.

— Combinamos, meu marido e eu, trazer hoje à noite um dos nossos amigos para conhecê-la. Falamos sempre muito em você, mas falamos com carinho e admiração, e todos os outros estão curiosos da nossa descoberta.

— Mas, ambos estão em engano. Por que admiração se nada faço ou digo de especial, se apenas recebo de vocês um carinho humano além do esperado por mim; se ao trazer-me você uma flor ou uma pedra, ouço na oferta uma extraordinária manifestação de sensibilidade. Curiosidade por quê? Sou uma pessoa comum, que pouco fala, que nada tem a acrescentar ao que vocês dizem. Não serão esses adjetivos a mim um exagero de solidariedade à minha solidão? Mas, eu não sofro, tanto quanto imaginam, com a solidão. Ela é inerente e emana do meu temperamento. Penso que isso é um defeito e não uma qualidade incomum. Evidencia que não tenho capacidade para a comunicação humana. Aprecio imensamente as visitas diárias de vocês e certamente apreciarei a visita dos seus amigos. Fora dessas circunstâncias, sinto-me perfeitamente adaptada à solidão. Por orgulho, por mediocridade de espírito, por necessidade física ou até por ociosidade. Creio que a minha solidão, a verdadeira solidão da qual sofre a minha alma, possivelmente poderá ficar amenizada pelo contato da sensibilidade e inteligência de vocês e seus amigos, ouvindo-os, sem nem mesmo ter necessidade de participar das conversas. Vejam-me apenas como um objeto preso ao cansaço do passado e do futuro de infindáveis gerações. Se compreenderem o que agora falo, encontrarão lógica no meu comportamento apático.

Pareceu-me que a visitante amiga não emprestava nenhuma importância maior às minhas palavras. Descobrira a minha voz e a isso dava um valor superlativo. Ao terminar minha explicação, esqueci as palavras que pronunciara. No meu quarto, deixou o seu olhar amigo e saiu mansamente, como sempre.

À noite, a nossa inquilina bateu à porta e com o seu pedido de licença para entrar, veio o seu rosto alegre.

— Chegamos. Trouxemos dois do nosso grupo de amigos.

Depois das apresentações normais, acomodaram-se em lugares improvisados. Um deles sentou-se no chão encostando-se à parede. No momento da apresentação não retive os seus nomes. Sempre fui muito distraída e desatenta em guardar nomes e sobrenomes. Guardei sempre indelevelmente as fisionomias e os gestos das pessoas. Observei sempre a forma dos rostos, a cor da pele, a direção do olhar e principalmente a alma das mãos. Tenho ainda o vício de verificar se o colorido de cada rosto possui harmonia com a voz. Gente pálida, de tom acinzentado, com voz de barítono, leva-me a imaginar que possui desequilíbrio na sua unidade. A voz necessariamente tem de acompanhar a tonalidade da face.

Eram os amigos dos nossos inquilinos, homens simpáticos, simples e tranquilos nos seus gestos. A cor da pele combinava com as vozes. As suas mãos eram mãos boas, de almas boas, abertas a lembranças boas. Havia eu, durante as apresentações, fixado as suas profissões. Um era engenheiro, o outro, médico. Eram como eu, pessoas. Ainda desconfiada pensei: "Estaria o médico interessado profissionalmente na cura da minha apatia?" Esperei perceber a sua intenção no decorrer da conversa. Verifiquei que era uma pessoa e não um profissional à cata de casos para examinar. Falou sobre vários assuntos, várias coisas, menos sobre medicina.

O engenheiro, também, se portou sem falar sobre a resistência dos materiais ou a colocação de vigas na construção de gigantescas pontes.

Nos primeiros instantes a conversa foi mastigada por silêncios. Esperava eu ser olhada pelos amigos dos nossos inquilinos como um falso mistério feito de enfermidade conhecida da ciência — uma histérica.

A curiosidade da minha família aumentou na proporção do número de pessoas que me visitava.

— Um é engenheiro formado, com diploma. O outro é médico e trabalha num hospital dos subúrbios. Reparei que não usava anel com pedra verde, mas sei que é médico, porque uma das nossas vizinhas já se consultou com ele num ambulatório. Mas, afinal, o que desejam ver "nela"? Bem, se os visitantes são pessoas categorizadas, essa frequência em nossa casa só nos trará vantagens sociais, além de provocar uma tremenda inveja na vizinhança — comentou a minha irmã para a minha mãe.

Estranhei a constante preocupação dos membros da minha família em causar inveja aos vizinhos. Uma preocupação mórbida e agressiva. Minha mãe balançava a cabeça concordando com a opinião de minha irmã. Meu pai, ao saber no dia seguinte das tais visitas, não deu uma palavra.

— Estamos melhorando as nossas relações sociais. Entram em nossa casa engenheiros, médicos, professores, jornalistas, músicos. — Falava minha mãe, no plural, como se quisesse determinar uma multidão. — Qualquer dia entrarão outros figurões — continuou minha mãe, já vivendo por imaginação a alegria no recebimento de convites para festas e reuniões com criaturas consideradas por ela de alta importância.

A minha família vivia uma realidade calcada na realidade alheia, ou melhor dizendo, na irrealidade, desde que esse sonho lhes trouxesse migalhas de vantagens deixadas pela sombra de alguém. Pareciam crianças vivendo horas de recreio.

— Bom dia. — E foi entrando no meu quarto a nossa doce inquilina. Mostrava-se contente. — Quero contar-lhe que os meus amigos gostaram muito de você. Ficaram encantados com o seu aspecto simples e ao mesmo tempo misterioso. Desejam vir novamente. Estreitando amizades, poderão conversar mais à vontade e assim você participará da conversa em comum. Afirmo que nenhum fez perguntas sobre a sua saúde, se normalmente você falava ou ficara inibida com as suas presenças. Ontem, depois de sairmos daqui fomos à casa de um deles e lá ficamos até tarde. Aquele, o engenheiro, tem uma vasta cultura filosófica. Não é filósofo de oitiva, ou por estar na moda superficiais conhecimentos filosóficos. Não se prende a citações de mestres com influência na História. Lê muito, e de tudo. Tem suas próprias deduções baseadas no entendimento geral das coisas, na confusão generalizada da humanidade, nos sistemas e princípios com o objetivo de agrupar a ordem dos fatos, na elevação do espírito e da razão. Foi um debate inteligente o de ontem, muito interessante de assistir, concordâncias e discordâncias durante a explanação muito particular do nosso amigo engenheiro. No fundo é um cético, chegando muitas vezes a ser sarcástico consigo mesmo. Nessa conversa entraram meu marido, o médico e um jornalista muito inteligente e sagaz que também pertence ao nosso grupo. Às vezes tenho vontade de possuir um gravador. Quanta coisa interessante, quanta diversidade de interpretação, quantas formas de percepção e de entendimento ficariam guardadas na fita de um gravador? Porém, meu marido e eu temos a promessa mútua de ajustarmos a nossa vida ao essencial, ao imprescindível à nossa sobrevivência e um aparelho de gravação romperia os nossos propósitos. Depois da morte da nossa filha, houve uma consciente e valiosa transformação em nosso espírito. Sofremos muito, e no sofrimento sentimos que necessitávamos descobrir a verdade que está atrás da nossa verdade, a que fica atrás dos acontecimentos. Empenhamo-nos em descobrir, para sentir, que o poder e a vontade de Deus são o verdadeiro Deus. Assim, livramo-nos do desespero que nos consumia e da revolta que nos conduzia às margens do suicídio. Apascentadas as nossas almas, voltamos a ser pessoas valorizando a condescendência com os desvairados por razões várias. Temos saudades da nossa filha morta e também saudades dos vivos que nos rodeiam. Aprendemos a dividir esse sentimento. Será isto a paz que todos desejamos?

— Não sei. No meu corpo tenho paz. No espírito não. Sinto-me como uma coisa constantemente atirada com violência contra as paredes do meu pensamento. Vivo atormentada pelas minhas próprias provas. Aproximo o espírito da boca do meu coração e ouço apenas batimentos como se fossem o malhar em ferro frio. Falta-me o consolo das lágrimas, a lembrança de uma saudade. Nada me pertence. Vivo em recordações esquecidas porque são recordações alheias, que por serem alheias não deixaram marcas na minha memória. Vivo dos outros, vivo na perda do pranto que alivia. Curiosa essa minha necessidade de um pranto meu, se pranto é o significado da tristeza amarga. Curioso tornar-se isso para mim um consolo alegre! Creio que no fundo sou mais miserável do que o mais miserável, porque a miséria maior está em não saber que já era miserável, ao ignorar que já era. Insensata, por sofrer imoderadamente os reveses humanos como se eu fosse a única criatura a sofrê-los. Possivelmente você não encontra lógica nas minhas palavras, certamente não vê continuidade no meu pensamento. Mas, é justamente nesses desencontros do meu raciocínio que reside a minha lógica. E também a minha perene angústia. Luto para não ser e não sentir que sou diferente. Quero ser igual a todos, com a placidez de todos, com a alegria, tristezas, decepções, silêncios que todos carregam dentro de si. Porém, as minhas tristezas, as minhas alegrias, as minhas decepções, os meus desesperos, os meus amargos silêncios surgem com rumos diferentes e em motivações diferentes. Jamais fico sozinha com o meu dentro. Sinto-me inevitavelmente habitada pelos meus próprios sentimentos diferentes, ou melhor dizendo, por sentimentos inimigos.

A nossa doce inquilina ouviu a minha explicação sem manifestar impaciência ou incompreensão. Parecia haver captado a essência do meu raciocínio. Depois, o cansaço tomou posse de mim.

Sentia à distância quando a memória que não era a minha chegava. Recebia a sensação de que a minha cabeça se despregava do meu corpo e percorria o espaço do meu quarto como uma bola flutuando à procura de espaços novos. O sentimento de uma indefinida saudade cobria o meu coração. Todo o meu ser era jogado em obstáculos escuros e os meus pensamentos nascentes provavam o extermínio imediato. Eu experimentava uma paciência sem virtude. Mais um amolecimento geral do que a sombra da boa vontade que flui da alma. Nada me pertencia. O meu pedaço de vida era invadido pelo ímpeto de reingressos no regresso.

Pela porta entreaberta do meu quarto eu via meu pai, depois do jantar, distraindo-se arrumando e desarrumando seguidamente uma caixa onde guardava um velho jogo de dominó. Olhava-o fazendo força para invadir o seu pensamento com o meu. Nada conseguia. Seria o dele impenetrável ou ausente? Minha mãe resmungava. O seu resmungo contínuo, durante dez ou quinze minutos. Depois, calava. Novamente, passados alguns instantes, voltava com mais nitidez nas primeiras palavras até transformar-se num ruído de besouro cansado. Minha irmã cada dia mais apaixonada pelo meu marido, mas nessa paixão havia muita inquietação e vestígios de melancolia. O meu marido estava na fase do completo deslumbramento à imagem do volante do seu carro e já falava em trocá-lo por outro mais moderno e mais vistoso.

Quando estavam em casa, minha irmã e ele procuravam os cantos distantes e ficavam em sussurros. Só os próprios entendiam aquela linguagem. Meu pai observava de longe a inconveniente amizade entre os dois, mas nada comentava. As manifestações de carinho de noivos, às claras, tornaram-se um hábito para todos, como o de tomar café pela manhã.

Eu continuava a não existir para os meus familiares senão quando sentiam na minha pessoa uma espécie de irritação por um elemento incômodo, entranhado no ambiente.

Depois de duas noites, com os nossos inquilinos chegaram os outros componentes do seu grupo de amigos. Entrei novamente em observação aos novos visitantes.

— Agora você conhece toda a nossa *troupe* — explicou sorrindo a nossa doce inquilina. — Aqui está o nosso jornalista que pela própria profissão é às vezes imprudente, impaciente à procura de novidades. Fez questão cerrada de vir conhecê-la hoje. Falamos tanto em você que despertou nele uma incontida curiosidade.

Um tanto desconcertada pela curiosidade sem sentido que expressava em conhecer-me e pelos adjetivos exagerados proferidos pelos nossos inquilinos à minha pessoa, no fundo senti um certo aborrecimento que foi notado por todos. Eu me considerava uma pessoa e não uma coisa especial para aglutinar as atenções alheias. Não me agradou a invasão inesperada do meu quarto. Temia que isso se transformasse em rotina e eu ficasse sem o direito de fazer o que quisesse.

A memória que não era a minha perturbava-me, porém, a mistura de memórias dos visitantes incomodava-me. Principalmente porque pressentia que tudo seria uma repetição exaustiva. O jornalista passou os olhos à procura de espaço para acomodar-se num pedaço de chão. Não pedi desculpas pela falta de cadeiras. Deixei que cada um encontrasse conforto no desconforto. Começaram a contar o que haviam visto naquele dia. Em certo momento um deles falou em voz alta.

— Por favor, fale mais baixo porque assim eu não escuto. Sofro de audição colorida. Os gritos, as gargalhadas, as vozes de timbre agudo deixam-me inteiramente surda e, mais do que isso, trazem-me visões fantásticas. Há anos sofro desse mal. O importante não é saber as razões do mal. É o descontrole que isso me causa. Os discursos, as reuniões familiares, as alegrias carnavalescas, o barulho marcial das paradas militares, as ovações estrondosas da multidão, sempre me alucinaram como se eu estivesse tomada pela ação de um terrível tóxico. As vozes emitidas ao mesmo tempo encolhem os meus ouvidos como caramujos e transformam-se num britador estilhaçando o meu cérebro. Preciso explicar que isso acontece comigo mesmo, em determinados dias. Procuro então falar muito baixo como se a mim própria revelasse um segredo. Creio que os meus ouvidos estão em lugar errado. Deviam estar no alto, no centro da minha cabeça. As vozes agudas, essas, provocam o total desequilíbrio do meu raciocínio.

— Que história é essa de audição colorida? — indagou o jornalista ao médico.

— Não estou aqui para fazer diagnósticos. Ela já explicou a razão do seu pedido de falarmos em tom baixo. É tudo.

Gostei do corte do médico na curiosidade do jornalista, mas para que não imaginassem que eu desejava fabricar mistérios tolos sobre a minha pessoa, resolvi detalhar as sensações que os barulhos trazem à minha superficial tranquilidade.

— Desde menina, sinto essa coisa desagradável. Mais tarde comecei a imaginar que portava alguma doença no cérebro. Indaguei de muitas pessoas se sentiam a mesma sensação. Não encontrei ninguém com os sintomas que eu descrevia. Convenci-me de que seria, no futuro, uma louca de hospício. Nessa minha reação auditiva há um aspecto estranho: no instante em que os meus ouvidos recebem um som mais forte vejo no som uma forma colorida. Por exemplo: o timbre agudo de uma voz dá-me instantaneamente a visão de um vulcão despejando rios de fogo. Não acham vocês que eu tinha todas as razões para me imaginar uma futura hóspede do hospício? Pois bem, um dia, por acaso, apanhei na estante de livros um deles e também por acaso abri à página 139 e li: "Audição colorida — caso muito particular de supersensibilidade, extremamente raro, em que o som sugere a imagem visual da cor. Talvez se trate de caso de hiperestesia (possível tornar-se mais comum à proporção que se desenvolva a sensibilidade do homem, manifestando-se mais ricos os seus sentidos). Até hoje ainda não se pôde explicar claramente o fenômeno da audição colorida."

Todos ouviram com ar incrédulo.

— Esse livro existe? — indagou o médico.

— Onde posso encontrá-lo? — perguntou o jornalista.

Os outros nada disseram. Esperavam as minhas informações.

— O livro existe. Não lembro se ainda o tenho. Foi editado há muitos anos, mas durante esse tempo a ciência já deve ter descoberto e com facilidade a razão do fenômeno e a sua cura. Não sei se ainda existe em alguma livraria. Não vou procurá-lo agora, porque em verdade não sei onde foram parar as minhas coisas, nem mesmo lembro se ainda estão guardados os meus objetos particulares, depois dos últimos dois anos. Como já vivi a maior parte da vida carregando esse fenômeno, não tenho nenhum interesse em livrar-me dele. Já faz parte de mim mesma. Se por um lado a memória que não é a minha, ensinou-me a compreender acontecimentos fora de todos os tempos, por outro pulverizou a minha própria memória, dando-me assim um desinteresse absoluto de tudo, livrando-me de surpresas ou recordações amargas.

Notei que ninguém entendera bem as minhas últimas palavras. Mostravam na fisionomia uma desarrumação nos raciocínios. E não havia motivo para isso. Por ser um fenômeno raro, nenhum dos meus visitantes o experimentara. Eu contara a minha verdade. Eles firmavam-se em dúvidas. A identificação de certas coisas, em certos momentos sobre o que é e o que não é, torna-se impossível de fazer. A ciência naquela época tinha conhecimento do fenômeno, mas não condições para explicá-lo. Hoje, deve ser um fenômeno superado. Não via eu razões para condicioná-lo a um absurdo. No máximo os meus ouvintes poderiam concluir que acontecera em mim o processamento de uma representação puramente mental da realidade que denominamos de abstrato. Mas todos eles em suas conversas não usavam sempre o abstrato como concreto? Argumentavam com as imagens mais próximas da realidade e as que melhor se adaptavam às suas formas de imaginação. Talvez por desconhecerem que o pensamento mais simples, o mais rápido sobre a realidade é sempre abstrato. "Ouvi dizer que em tal lugar se deu isto ou aquilo." Imediatamente formamos uma realidade em imagens abstratas. Não conhecemos o lugar, nem sabemos se a pessoa que ouviu *dizer* conhece o lugar e a verdade dos fatos. Isso é muito comum em todos nós. Acontece, particularmente, com os juristas, os juízes e os homens que lidam com as leis. Na presunção de que um indício e uma coincidência provam uma verdade, eles condenam ou absolvem. Entregam suas responsabilidades de meditação a artigos e parágrafos.

    Todos pareciam ter perdido a voz. Ninguém fez comentários ou refugou pontos da minha narrativa da audição colorida. Cada um estava na sua realidade abstrata, assim como eu, ao revelar o fenômeno, produto da minha extremada sensibilidade.

    — Acredito no fenômeno e no desconforto que lhe causa. Mas, reconheço que, realidade ou não, absurdo ou não, abstrato ou não, exagero de imaginação, verdade ou não, sinto que é belo esse fenômeno. Confesso que gostaria de ser atingido por ele — comentou o escritor.

    — Mesmo que fosse um dos muitos aspectos da loucura,

não posso deixar de vê-lo sem beleza. Aliás, a vida dos grandes santos reverenciados pela Igreja, quando nas suas fases de intenso misticismo, tinham visões fantásticas, conheceram paisagens maravilhosas, chegando a sentir o contato direto com Deus. Pela realidade do espírito, ansioso de atingir a perfeição, conversavam e recebiam avisos do Senhor. A Fé é uma castração da realidade material e tem mais poder do que a realidade do mundo. Encontro em tudo isso uma beleza consoladora.

Não quis ficar no clima do *Extraordinário* e para tirar dúvidas quanto à provável intenção dos amigos visitantes resolvi explicar o conceito que fazia de mim mesma.

— No meu caso não se trata de saber onde está o que é absurdo ou abstrato. Não quero que pensem que usei, premeditadamente, um fato para usufruir efeitos intelectuais. Sou qualquer coisa entre os milhares de qualquer coisa. Nada de especial, nada original, nada excepcional. Sou tão desfalcada, tão árida de qualidades normais que nem memória própria possuo. Simplesmente, sem atribuir valor ou dons espirituais, sinto que os barulhos fortes e até mesmo os gritos das crianças incomodam-me, como violentas pancadas no cérebro. Sendo ou não uma questão de exagerada sensibilidade, de qualquer forma as explicações da ciência não diminuem a minha aflição e me afastam da possibilidade de exercer a comunicação humana que tão bons resultados apresenta no entendimento das criaturas. Acredito que a audição colorida tenha me obrigado a aceitar tranquilamente a solidão. Nela defendo-me de mim mesma, ou se quiserem, cultivo a covardia e o egoísmo, refugando-me no isolamento.

Entendi que havia falado muito. Que havia dado às minhas palavras o tom de quem pontifica sem admitir argumentos em contrário. Tornei-me silenciosa premeditadamente.

— Interessante! — disse o jornalista.

— Interessante em que sentido? — indagou o médico.

— No sentido da descoberta que, na minha opinião, nada tem a ver com o sentido inventivo que geralmente atribuem ao jornalista. Eu poderia dizer que uma coisa, um fenômeno, uma pessoa inventa ou foi inventada. Mas, não é esse o significado que dei à palavra *interessante* e que vocês estranharam. A minha exclamação foi feita no sentido de haver feito uma descoberta e não apenas a veracidade ou não desse fenômeno pessoal. Foi a descoberta de um ato do espírito escondido na criatura humana. Devem existir milhares de outros fenômenos desconhecidos ainda na estrutura particular de cada pessoa e que a ciência ainda levará muito tempo para descobrir e justificar.

— Descobrir, justificar... — disse rindo o engenheiro. — As descobertas estão condicionadas à imaginação ou ao acaso: pela imaginação elas podem chegar com mais profundidade e em menor tempo a uma conclusão; pelo acaso, o mérito está exclusivamente no acaso. O acaso vem, sem ser procurado. Sempre a imaginação foi a mais eficaz ajuda das descobertas. Você fez uma descoberta por meio da imaginação ou do acaso?

— Acredita que o problema do homem possa, pela procura científica, atingir descobertas positivas para reestruturá-lo moral, sentimental e espiritualmente, até levá-lo à perfeição de uma inteligência superior? — indagou mansamente o professor, dirigindo-se ao jornalista.

— Acredito. Depois de selecionadas as qualidades do homem.

Eu não queria participar do debate entre eles. Mas não sei por que, interrompi a conversa para confundi-los.

— Sou suficientemente ignorante para afirmar qualquer coisa como sendo uma verdade maior. Quando opino, o faço sobre o que sinto e não sobre o que sei. Mas, o que observo na ciência do homem atual é a ânsia de dissecar o próprio homem como fazem as crianças com um brinquedo nas mãos. Sinto que a ciência, tanto quanto a técnica, tem a finalidade de deixá-lo sem os seus próprios segredos e defesas. Tem o propósito, bem ou mal-intencionado, de retirar a autenticidade dos seus erros, os seus legítimos impulsos, a fluência das suas ideias e das suas emoções para transformá-lo numa forma oca. No momento, uma determinada parte da ciência empenha-se em extinguir as contraditórias multiplicidades da sensibilidade humana; procura reduzir o cérebro do homem a uma praça pública, não permitindo que cada um seja cada um como pessoa. Este ângulo da ciência não admite diferenças na composição da humanidade. Criou uma teoria e nela ensaca todas as reações como coisa única. Pretende curar todas as insatisfações e inquietações do homem, desde que sejam todos exatamente iguais e que correspondam em comportamento a essa teoria que dizem ter cunho puramente científico. Eu interpreto esse ângulo da ciência como uma audaciosa devassa do mundo interior de cada pessoa. A meu ver, desejam prioritariamente os sábios e cientistas instalar um vazio de vazios no próprio homem. Os sentimentos, as sensibilidades em todas as suas diversificações, são, por este grupo de cientistas, colocados numa só lâmina de laboratório, tecnicamente avançado, como se cada pessoa fosse uma multidão sofrendo as consequências de um único vírus. Acabaremos criaturas transparentes e devassadas em nosso sagrado direito de sentir, de pensar e de imaginar, de acordo com as nossas intrínsecas peculiaridades. É, a meu ver, uma nítida invasão de domicílio por afoitos policiais. Se isso continuar da maneira pouco respeitável ao espírito do homem, em vez de cobrirmos o corpo, teremos de viver nus com a cabeça ensacada, pois nela ficará exposta pública e impudicamente a nossa nudez. Respeito a Ciência, a que consiste essencialmente em símbolos e neles mostra soluções curtas e gerais. Os símbolos são mutáveis, significam uma coisa, a imagem de uma coisa que é, mas pode deixar de ser, de acordo com a pressão do tempo. Essa é honesta e possui a virtude da humildade. Mas, a que hoje está em moda, a que deseja manipular para domesticar a alma e o espírito da criatura que em essência é do domínio intocável de Deus, essa, parece-me ter uma finalidade ditatorial para transformar o homem em acessório da técnica. Reverencio a Ciência que se estende sem finalidade outra que a do puro conhecimento, sem mostrar prepotência sobre o conteúdo íntimo do nosso ser. A outra fração da ciência, a que destrói o homem de si mesmo, com essa não simpatizo. Como disse antes, não falo por sabedoria adquirida em leitura especializada. Falo por sentir. E isso só é importante para mim.

— As ciências morais, e principalmente a histórica, não prendem a minha atenção — disse um deles. — Na minha opinião são fáceis de promover a confusão na verdade, e, portanto, menos felizes que as demais.

— Hoje em dia não podemos dissociar a ciência da técnica e, assim sendo, uma e outra avançam e esmagam o homem de forma irrecorrível. Como engenheiro, tenho fascinação pela técnica, pela máquina, e como a máquina é ciência chego à conclusão de que a humanidade merece mesmo, pela imprudência com que age, ser dizimada e exterminada. Não foi sem uma razão maior que a técnica e a ciência, pela inteligência humana, construíram as bombas atômicas. No fundo o homem deseja o suicídio coletivo, talvez como fuga. Todos desejamos a morte e todos temos medo da morte. Se a humanidade toda morrer sob as bombas atômicas ninguém terá particularmente medo de morrer — falou o engenheiro.

— A vida é composta de coisas maravilhosas, de alegrias imensas, de compensações acima das merecidas por nós. Por que a inteligência do homem deve ser desviada para a destruição total? Em cada dia que vivemos há uma soma extraordinária de belezas, de contentamentos para o espírito. Qual a razão para anularmos dos nossos sentidos o valor do mundo criado pelo Divino? Explorar a inteligência, a sensibilidade do homem para fazê-lo cúmplice na sua própria destruição por meio da técnica que prefere se entregar à melhor maneira de matar e da ciência que se preocupa em ajudar a técnica na destruição da humanidade, o meu espírito não aceita em termos de glória do progresso atual — retrucou o escritor ao engenheiro.

De repente senti-me fora de todas essas conversas. Senti-me cansada e não tomei a sério nenhuma das opiniões e comentários feitos sobre assuntos diferentes. A memória que não era a minha sorriu no meu rosto com um certo desdém. Havíamos enchido as horas da noite com palavras tolas, vestidas de frágeis conhecimentos. Nada daquilo que havíamos dito ou ouvido tinha importância para interditar os passos do tempo. Nem força suficiente para transformar e melhorar o nosso espírito. Reconheci que a memória que não era a minha possuía muito mais sabedoria, muito mais universalidade do que a minha e a dos meus visitantes. Olhei para todos eles dizendo:

— Peço desculpas por haver me comportado com vaidade nas minhas ignorâncias. Esqueçam o que falei. Esqueçam o entrelaçamento ilógico que dei às minhas palavras, e se fiquei em silêncio em grande parte da conversa, não foi por desvalorizar a inteligência e a presença de vocês. Estou realmente cansada. A minha memória foge, logo após o que ouço e o que digo. É um cansaço sem definição.

— Não interrompemos as suas explicações porque estávamos interessados em descobrir. Sabemos e vemos como você é por fora, como é fisicamente. Mas como é por dentro ignorávamos completamente. Embora ainda conhecendo pouquíssimo como você é por dentro e talvez por isso não concordarmos com muitas das suas opiniões, reconheço que você é um elemento interessante. Percebo, no pouco que ouvi, que deve ser uma rara fortaleza de espírito para enfrentar qualquer situação negativa. Não ficarei surpreendido quando mais tarde, por um maior contato, descobrir por que procurei pacientemente o composto da sua personalidade — falou o escritor.

— Você está inventando e realizando com imaginação uma imagem que só servirá para você mesmo. O que você qualifica de espírito forte pode ser uma tremenda reação contra a minha própria existência. Possivelmente seja também um espírito de aventura no propósito de medir forças com a vida. E sem querer, no fundo, saber se quero ou não sair vitoriosa dessa luta. A vida é uma espécie de paisagem que uns preferem apreciá-la de avião e outros como alpinistas arranhando-se, grudando-se aos penhascos como lagartixas, no propósito de afirmar seus músculos, sua vontade, enfrentando o perigo de cair em precipícios sem fundura. A vida escolhe os passageiros de avião e os alpinistas. Sou ao mesmo tempo passageira de avião e alpinista. Sinto a paisagem tanto no tempo curto de um avião, como na subida difícil e perigosa do alpinista ao atingir o cume de uma montanha maior. Eu não escolhi conscientemente a maneira de ver a paisagem. Não há mérito pessoal na escolha. Não quero e não espero que vocês me vejam como uma novidade — respondi, já enervada com o prolongamento dos conversadores amigos.

O escritor ficou em silêncio. Olhou-me diretamente como se eu fosse outra coisa muito diferente daquilo que os outros pensavam e viam. Não gostei dessa observação muito particular.

— Não fosse o adiantado da hora, poderíamos analisar o significado de novidade: a procura para continuar sem achar o que procuramos. A procura tem tantas facetas, tão válidas em cada representação, que acabamos desvirtuando o objeto procurado. Mas já é tarde e não creio que a análise sobre o que seja novidade mereça a nossa vigília — e, como se dissesse um boa-noite a todos, recostei a cabeça no espaldar da poltrona. De olhos fechados ainda em forma de desculpas, pedi: — Esqueçam o que falei, esqueçam o entrelaçamento ilógico que para vocês tenho das coisas. Há muito tempo não falava tanto. Vocês com duas ou três perguntas fizeram-me sair do silêncio concentrado a que me entreguei há dois anos. Prometo daqui para a frente escutar para aprender. Essa é a minha intenção. Se eu romper esse compromisso, será por força da memória que não é a minha.

A nossa doce inquilina parecia deslumbrada com o meu renascimento. Como quem devolve a vida a um moribundo. Para ela não era importante o que eu havia dito. Era a minha reintegração como pessoa a outras pessoas. Uma conquista que ela obtivera utilizando a ternura, a paciência, como se com isso ficasse redimida de um erro contra si mesma.

Passei a noite em permanente reprovação ao meu comportamento. O que tinha eu de falar daquela maneira, como se estivesse dando aulas? Como se estivesse explorando o raciocínio alheio escondida em tolices? Não consegui saber. Sentia, apertando o meu cérebro como um cilício, as palavras que descuidadamente havia emitido.

Pela manhã, ouvindo a voz da minha irmã reclamando qualquer coisa, senti-me menos constrangida. Era outro dia, e como eu não possuía memória própria, não lembrei as conversas da noite anterior, nem os assuntos nos quais havia opinado. Procurei convencer-me de que a ciência da vida, a sabedoria humana, estava em não me desligar da realidade que, em resumo, era o ambiente rotineiro da minha família. Depois, instantaneamente, entendi que não havia me distanciado de nenhuma realidade. A que realidade eu pertencia? A da minha memória ou a da memória que não era a minha e da qual eu me sentia cada dia mais prisioneira? Esforcei-me para não distinguir e assim não afirmar qualidades, modos, predicados ou formas particulares na relação de uma coisa com outra. Evitei não distinguir, a fim de não sentir a ausência de unidade entre os vários conceitos da realidade.

Para a minha família a realidade estava numa vida vegetativa sem a participação mínima do espírito. Era uma realidade verdadeira. Para mim a realidade estava na memória que não me pertencia e pela qual eu era um passado de séculos interligados com um futuro sem depois. Por mais que eu desejasse fugir dessa realidade não conseguia. A realidade da minha família era perceptível e tinha o caminho direto no egoísmo e na insensibilidade a tudo que não lhes trouxesse um lucro imediato. A minha era impositiva, obsessiva com forças sobre as minhas forças relutantes.

O meu marido comprara afinal o carro e isso teve o poder de modificar instantaneamente todos os seus hábitos. Não precisava sair à noite, mas saía em companhia de minha irmã, somente para provocar a inveja na vizinhança. Ficava volteando a nossa rua de um lado para outro. Era o máximo do mínimo, como triunfo pessoal. Essa exibição trazia-me muita pena. Perdeu o senso do relativo que se tornou o absoluto para ele. Mas, para minha irmã, um carro de segunda mão era o relativo. Sonhava com o absoluto, que no seu entender estava no dia em que ela mesma dirigisse um carro último tipo. Todas as noites, quando chegavam desses passeios, repetia:

— Você precisa agora comprar um carro novo, um carro de cor luminosa que espante mais os nossos vizinhos, que chame a atenção dessa gente. E no dia em que eu dirigi-lo sozinha então... morrerão de inveja.

Estranha essa predisposição de ânimo em causar a inveja aos outros até a danação. Estava a sua felicidade em perturbar o espírito da vizinhança. A dimensão do seu mundo cabia na mão agarrada ao volante de um carro. Queria sobressair na mediocridade e a mediocridade era o seu sonho supremo. Ao admitir que as suas ambições materiais eram opostas às minhas ambições de espírito, compreendi a impossibilidade de alcançar a paz interior. A felicidade da minha irmã era comprável. A minha inalcançável. A minha dependia do espírito lavar-se na graça de Deus, mas reconhecia não possuir condições para receber o prêmio consolador, uma vez que eu não era eu, não podia disciplinar a minha pessoa, não podia usar a minha memória para me refazer interiormente. Eu era determinada e conduzida pela memória que não era a minha. Sentia-me fora do tempo, de todos os tempos, e igualmente dentro de todos os tempos. Jamais poderia aceitar o valor da concorrência, essa forma convergente de ação que disputa o mesmo fim almejado. Queríamos, minha irmã e eu, fins diferentes. Ela, o da troca de bens materiais — eu, o do menos para o menos até encontrar a minha alma. Eu aspirava o que ela desprezava. Ninguém luta na vida material para conseguir o menos do menos e sim o sempre do mais, embora essa luta leve a criatura a pulverizar a própria pessoa, até transformá-la em objeto a serviço do excedente. O meu desejo de possuir estava em sentido oposto a tudo que a minha família, e principalmente a minha irmã, concebia como realização pessoal. Era então completamente impossível integrar-me na realidade dos meus familiares. Eu assim analisando-me não tinha o direito de recriminá-los, de criticá-los e nem mesmo de subestimá-los, de exigir em pensamento que não gastassem suas vidas, manipuladas pela mediocridade de aspirações. O estágio de espírito dos meus familiares estava no marasmo, na ambição do nada que para eles significava a glória da vida, a imagem da força de vontade e a nobre defesa das suas existências. Estariam certos? O engano estaria comigo? Onde está o certo e o errado, em quantidades e qualidades diferentes?

E por que era eu diferente na compreensão e na apreensão das coisas? Afinal, eu medrosamente ainda os amava como pessoas que me pertenciam, assim como eu lhes pertencia. Seria isso amor grupal? Antes de julgá-los eu julgava-me pelo erro de me considerar diferente e marginalizada. Eles eram eles, e eu radical nas conclusões sobre mim mesma, e essa distorção trazia-me, além de uma tremenda confusão, um interminável desconsolo.

— Vamos passear de carro para fazer inveja aos nossos vizinhos. Hoje comprei um vestido de cores modernas e quero que todos vejam — disse minha irmã para o meu marido que imediatamente concordou.

Verifiquei a transformação do meu marido. Ele não percebeu que o convite da minha irmã era exclusivamente no sentido de se exibir e não o de se encontrar feliz ao seu lado. A minha irmã destruía-se fazendo-se veículo de inferioridades.

A cada gesto da minha família eu analisava os aspectos da mediocridade absorvendo as suas existências e, ao mesmo tempo, sentia-me culpada pela intransigência nas minhas conclusões. Afinal, isso era a humanidade, assim era em todos os lugares, em todas as épocas, em todos os meios onde existe um grupo de gente. As exceções são raras, e eu não podia desejar modificações no ser humano se admitia o progresso da humanidade. Quanto mais a humanidade sabe, quanto mais fala em educação, quanto mais luta pela intocabilidade sagrada da pessoa humana, quanto mais valoriza o sentido de comunicação, em verdade mais desumana, mais regressiva, mais cruel, mais insensível, mais indiferente, mais egoísta e mais distanciado do seu semelhante o homem se torna. Progresso! Que espécie de progresso? Talvez o progresso da sua própria destruição. Observei que a minha irmã e o meu marido liam um jornal e espantavam-se com a fotografia de instrumentos de tortura, usados há séculos contra escravos e prisioneiros, exibidos num museu com entrada paga. Que diferença havia nesses instrumentos de ferro, de formas primitivas, e os instrumentos de tortura e morte usados hoje e glorificados como produtos da inteligência, da técnica apurada e do progresso da época atual? Além desses instrumentos de hoje, como o poder supremo da bomba atômica, o próprio homem não se oferecia como instrumento à sua própria tortura e aniquilamento?

Isto seria uma conversa entre o meu marido e a minha irmã, se eu possuísse a minha memória. Mas eu não poderia argumentar com uma memória que não era a minha contra a memória normal e muito particular de cada um deles. Eu havia sido ensinada pela memória que não me pertencia a conhecer acontecimentos e fatos já instalados num futuro sem depois. O meu raciocínio era diferente não porque eu quisesse, mas porque a memória que não era a minha o havia levado com velocidade a distâncias impossíveis de serem calculadas.

Minha irmã e o meu marido permaneciam em estado de noivos. Amavam-se e eu sentia que trocavam um amor sincero. Ignoravam ambos a diminuição da minha apatia graças ao convívio humano com a nossa inquilina, responsável pelo alargamento de amizades novas e proveitosas ao meu espírito, pelo contato com os seus amigos. A minha família considerava-me enferma, sem cura ou de cura prolongada, e suas vidas continuavam à parte, na mediocridade de sonhos, de conquistas e aspirações. Notei que um dia se mostravam intrigados e curiosos: "Por que tanta gente entrava diariamente no meu quarto, levada pelos nossos hóspedes? O que falávamos? O que ali dentro era conversado?"

— Uma noite dessas, sem querer, escutei a conversa no quarto "dela". Falavam coisas esquisitas, coisas sobre o pensamento, mas um pensamento de doidos. Diziam assuntos que eu não entendi. "Ela" falou umas duas ou três vezes. E falou direito as palavras. Não gaguejou, nem enrolou a língua. Mas as suas opiniões eram de doida. Acho que todos são loucos. Em vez de falarem como todos falamos, tinham conversas difíceis que nunca ouvi e nem sei de onde "ela" tirou tanto absurdo. Deve ser, como sempre eu disse, uma fraqueza na cabeça. E os outros? Também conversavam igual gênero de maluquices. Dizem que nos hospícios acontece o mesmo amontoado de absurdos e tolices sem nenhuma ligação com a vida real. Tenho minhas dúvidas se esses visitantes são pessoas equilibradas. Em todo caso, como todos têm diplomas, têm instrução elevada como o médico, o engenheiro, como trabalham e têm família, é possível que sejam de uma classe de gente que frequenta a alta sociedade — comentou minha irmã para minha mãe.

— E a sua irmã, também falava de forma diferente da nossa ou falava igualzinho aos visitantes?

— Ela se entendia com eles. De vez em quando afirmava que tinha uma memória que não era a dela. Muito esquisito, isso de memória dos outros..., mas, deixa para lá. Vamos ver em que dará essa reunião de malucos. Para nós não tem importância o que conversam no quarto. A vantagem para nós desse ajuntamento de homens com diploma é a de a nossa casa agora estar sendo frequentada por pessoas que com o tempo vamos verificar se nos trazem algum benefício. Aumentar relações, sejam quais forem, sempre é uma forma de melhorar e significa uma valorização para nós. Os vizinhos já não saem da janela, observando quem entra e quem sai daqui. Devem estar morrendo de inveja e isso é prestígio — respondeu a minha irmã.

Meu marido escutou as novidades em silêncio e depois concluiu:

— Devemos isso ao carro que comprei e que nos dá um destaque muito grande no meio dessa gentinha que reside por aqui. Eu sempre disse que um carro era a alavanca da vitória na vida. Subimos muito no julgamento da vizinhança e subiremos mais quando eu comprar outro, novo em folha.

— Já sabemos que um é médico, outro engenheiro, outro jornalista, outro escritor e outro, um músico. Deve ser um músico que faz samba. Precisamos saber qual deles pode nos servir para chegarmos mais alto na vida. Qualquer dia, assim que puder, vou pedir ao jornalista para publicar o meu nome na coluna social do seu jornal. Será a glória completa — disse com ar vitorioso a minha irmã.

Eu começava a ser um objeto de pressão na vaidade da minha família. Senti que me transformava num meio de satisfazer as suas aspirações medíocres. Eu era uma arma, que bem usada poderia trazer-lhes vantagens, através de cada um dos amigos dos nossos inquilinos. Eu era uma ponte pela qual eles alcançariam a estrada do outro lado. Não se interessavam pelo valor ou não das conversas mantidas no meu quarto, não se interessavam pela qualidade intrínseca das pessoas. Mas, pelo que elas pudessem representar às suas ambições pessoais. Não queriam saber se a inteligência e a sensibilidade dos visitantes eram aplicadas em problemas humanos ou em assuntos diferentes da compra de um carro. Sentiam-se em princípio gloriosos pela inveja que causavam aos vizinhos. Estavam interessados em chamar a atenção e disso muito se ufanavam.

— Estive pensando — disse minha irmã, referindo-se a mim — que seria muito mais conveniente para nós trazê-la para a sala, como fizemos nos primeiros dias da sua chegada do hospital. Abriríamos as janelas quando essa gente entrasse e assim com as luzes todas acesas, mostraríamos à vizinhança a superioridade de relações sociais que possuímos. E na sala seria mais fácil o contato com os visitantes dela. Conheceríamos melhor o ponto aproveitável em cada um deles.

— Um deles já está aproveitado: o médico. Não precisaremos mais pagar consultas quando um de nós adoecer — disse minha mãe.

— Não entendo aonde vocês querem chegar — disse meu pai, com voz medrosa.

— Não precisa entender. O necessário para todos nós é fazermos "dela" a nossa picada no mato para subirmos a montanha. E para isso vamos começar trazendo-a para a sala ao cair da tarde. Irá novamente para o quarto quando for dormir. Enquanto ela estiver com os nossos inquilinos e o grupo de amigos trazido por eles, nós participaremos das conversas e chegaremos a saber o que de cada um podemos aproveitar para subir na vida. É tudo. Entendeu agora? — explicou minha irmã.

— E o seu pai o que vai pensar ou ficar nisso tudo? — falou minha mãe.

— Também não é necessário que ele pense ou fique. O melhor até, como é um homem velho preocupado apenas com o cumprimento do seu dever de reles funcionário público, que na hora em que os visitantes chegarem fique recolhido ao seu quarto. Ele não quer saber de novidades e nós queremos tirar das novidades todos os proveitos.

— E seu pai aceitará ficar escondido no quarto, sem liberdade de caminhar pela casa, como sempre fez?

— Não fizemos isso com "ela" durante dois anos? Alguém, inclusive o pai, reclamou alguma coisa? A minha opinião é a de que devemos esconder o que não convém ser visto. Já disse isso muitas vezes. Não sofro de remorsos ou de sentimentalismos fora de época. Por que esse constrangimento de esconder o pai no quarto? Ela teria ficado escondida até o fim da vida, não fosse a ideia de alugarmos o quarto para o casal de inquilinos, e continuaria escondida se não fosse a ideia dos nossos inquilinos de trazer os seus amigos para conhecê-la. As oportunidades estão à nossa frente. O importante é tirar das oportunidades todas as vantagens para o nosso bem-estar social. O resto não conta. Se "ela" é necessária na sala e o pai, escondido no quarto; se ela por meio dos seus visitantes nos dá oportunidade para novas relações e o pai com o seu pouco falar atrapalha o ambiente, o normal é que ele se conforme trancado no quarto. E depois, para que ele quer a liberdade de andar de chinelos pela casa sem fazer nada? No quarto, pelo menos ele descansa os ossos. Ninguém vence na vida cercado de escrúpulos por ninharias. Os escrúpulos, os sentimentalismos fora de época impedem a felicidade e só os tolos merecem ser infelizes, porque carregam a bobagem do escrúpulo. Amanhã mesmo "ela" ficará na sala, depois do almoço, e à noite chegarão os seus amigos com os quais forçaremos intimidade. Essa mudança é necessária, e podem acreditar que em breve as vantagens aparecerão.

— Mas, e o seu pai? — voltou minha mãe com voz magoada.

— Ora, se ficar aborrecido ou triste, o problema é dele.

Entrou na sala o meu marido, ouviu as determinações de minha irmã e concordou com a sua maneira de agir.

— Acho perfeitamente lógica e prática a ideia — e, voltando-se para minha mãe: — Há anos "ela" não nos ajuda em nada. Muito ao contrário. Alienada como estava era um problema para todos nós, era a nossa prisão. Com ela só tínhamos gastos e aborrecimentos. Pensávamos que fosse paralítica e muda. Não é. Enganou a todos nós e ainda hoje só nos responde balançando a cabeça, e isto quando quer. Tornou-se para a família, e por sua própria vontade, um objeto incômodo, então, vamos dar a esse objeto uma utilidade. E a utilidade é a de ser o nosso meio de ligação com as pessoas que a visitam. Pelo que observei são pessoas que possuem utilidade para cada um de nós, e para a família em geral. Não vejo a razão para tantos receios, quando tudo é muito simples nas soluções. Não pensem que somos os únicos do mundo a tomar decisões assim. A maioria das famílias tem problemas iguais ou parecidos e sempre os resolve fácil, de maneira a que cada um dos seus membros fique satisfeito. Cada um dos seus visitantes deve possuir muitas relações de amizade. Podemos, então, usufruir por meio deles novas oportunidades para lucros convenientes à nossa família. Nos últimos meses aprendi muito como viver melhor e como conquistar a liberdade, desapegando-me de coisas e pessoas que antes constituíam para mim um pesadelo. Aprendi a afastar certos critérios já desatualizados para transpor com facilidade obstáculos que escravizavam a minha realização pessoal. Se "ela" nos dá oportunidades, por decorrência da amizade com essa gente que a procura, se "ela" pode ser transformada para nós em prestígio, pelo prestígio que os seus visitantes lhe dão, por que então não fazer "dela" um significado de utilidade para todos nós? Concordo perfeitamente em expô-la na sala, quando então teremos conversas em conjunto, novas ocasiões para conhecimentos lucrativos. Vocês já ouviram falar nos bons resultados do método moderno de relações públicas? Pois aí está "ela" como veículo de relações públicas com vantagens para nós. E, além disso, também servirá de castigo para quem passou quase dois anos aparentando ser paralítica e muda. Mentiu para todos nós e com a sua mentira nos fez desperdiçar muito tempo e dinheiro, que deveriam estar aplicados de maneira mais proveitosa. Não vejo por que o "velho" não possa ficar quieto no espaço do seu quarto, enquanto os visitantes estiverem conversando na sala com os nossos inquilinos. Creio mesmo que é uma medida de higiene, esconder o que cheira a mofo.

Pela primeira vez, minha mãe não concordou com as decisões de meu marido e de minha irmã. Não resmungou, nem reclamou. Manteve-se em silêncio e dos seus olhos vi descerem lágrimas anêmicas. Retirou-se para o seu quarto. Naquele instante senti que se havia dado dentro de mim uma espécie de convulsão como o deslocamento de terras que anunciam um terremoto.

A memória que não era a minha cobriu-me com maior amplidão e fez-me ver as cenas que eu já vira quando morta, deitada no caixão. "Você assistirá ao desmoronamento das pessoas, você já havia sabido que a ilusão não mais existe no seu espírito e tudo passará a ser um acontecimento natural e sem obstáculos à sua compreensão instantânea." Senti que não podia recordar as minhas palavras da véspera, que perdera a noção dos assuntos conversados na noite anterior com os amigos. Não mais sabia o que era o anterior do presente na escala do tempo sem dimensões.

A memória que não era a minha apagou o meu ser e deitou-me na antiga apatia. A minha língua acomodou-se no espaço da minha boca. A minha voz refugiou-se no meu cérebro e a audição transferiu-se para os meus olhos. Senti-me um conjunto de impactos dissonantes. A memória que não me pertencia tornou-se música, feita de perturbações na escala acústica. Senti-me diluída, considerei-me não somente como um retorno à dependência dos elementos agregados, mas como retorno à confusa semelhança de elementos separados. Estaria eu sofrendo o processo da dissolução para atingir um plano de evolução espiritual? Não me sentia dona do meu próprio e miserabilizado raciocínio. Estava como uma época com uma duração impossível de ser calculada a sua permanência, entre os abismos que existiam dentro do meu ser.

Momentos, ou horas, não sei quanto durou o massacre no meu espírito pela memória que não era a minha.

Com isso, a minha família notou o amolecimento da minha vontade de viver e, mais pela sensação de perder um objeto de utilidade para a execução dos seus planos do que pelo receio de me verem novamente apática e muda como há dois anos, quis saber:

— O que terá acontecido com ela? — perguntou minha irmã ao meu marido. — Há meses a nossa inquilina passa quase o dia inteiro no quarto conversando. As duas falavam. Agora, nestes últimos dias eu ouço apenas a voz da nossa hóspede. Será que "ela" vai cair outra vez naquele estado de paralítica muda? Tudo iria por água abaixo nos nossos propósitos. Sinto alguma coisa diferente.

Sentia alguma diferença! O fato de sentir — pensei — anunciava a recuperação da pessoa que nunca sentira nada além do chamamento irreprimível do superficial.

Esse sentir teria sido produzido pela sensibilidade ou pelo cérebro? Resultante de um elementar afeto adormecido, ou pela sensação de vir a ser lesada na consumação dos seus planos?

Terrível, essa sucessão de perguntas, feitas sob o peso da dúvida quanto às respostas que damos a nós mesmos.

A nossa boa inquilina mostrou-se apreensiva com a volta da minha apatia. Não forçou explicações da minha parte, não tentou ouvir a minha voz. Num gesto de fraterna paciência tocou nas minhas mãos paradas, deu-me o costumeiro beijo na testa e saiu prometendo voltar mais tarde.

Não sei se o seu desaparecimento naquele instante me deu alívio, ou trouxe-me repugnância a mim mesma por deixar-me intransmissível à sua figura terna e amiga. A memória que não era a minha lembrou-me que eu devia ultrapassar o tempo presente, feito de impactos tão passageiros quanto o próprio presente. Eu obedeci sem dificuldade.

Depois de uma noite atravessada sob a convulsão do meu espírito, levantei-me mais apta a aceitar os fatos e as palavras de secura da minha família, como parte da realidade, sem a sujeição de análises à procura do meu ser perdido.

— Graças a Deus, vejo que está bem melhor do que há quatro dias. Isso me alegra, conforta os meus sentimentos de amizade comunicativa — falou a nossa inquilina. — Meu marido e eu lhe queremos muito bem. É um bem-querer especial, assim como se nós três tivéssemos nascido ao mesmo tempo e do mesmo ventre. Sinto que

agredimos o Senhor quando nada fazemos, quando percebemos a incapacidade para unir, para amar, para estender a mão da nossa alma à outra mão que procura socorro na alma da mão de alguém. A atitude de nada fazer por alguém, sabendo que tantos necessitam pelo menos da nossa sombra como companhia, é como ficar despudoramente nu em praça pública. A doação de nós mesmos, espontaneamente, é uma roupagem feita com o melhor tecido para cobrir o corpo que é somente corpo.
— E continuou: — Não quis trazer os nossos amigos nessas últimas noites, embora eles desejassem vê-la, porque tenho o dever de respeitar o seu cansaço — explicou a nossa inquilina. — Já avisei à sua família que amanhã você os verá. Pareceu-me que ficaram contentes. Creio que o seu marido e a sua irmã estavam decepcionados com a repentina ausência dos nossos visitantes.

Na manhã seguinte fizeram a minha mudança para a sala. O meu marido e a minha irmã carregaram a poltrona do meu quarto, colocando-a ao lado da janela. Modificaram um pouco a posição dos móveis de um lado para outro, ajeitaram certos objetos sobre o velho aparador, espanaram o abajur desbotado, que mais parecia uma grande aranha caindo do teto, e incluíram na nova arrumação da sala um vaso de avencas desprezado no quintal há muito tempo. Festejavam um planejamento melancólico. Mandaram a minha mãe varrer cuidadosamente a sala, recomendando que fosse bem batido o tapete com suas bordas esfiapadas pelo uso. Minha mãe, ao contrário do que eu sempre vira, obedeceu em silêncio. O mais curioso é que eu sempre olhara os meus familiares, excluindo o meu marido, do nariz para cima. Os corpos sempre estavam escondidos por uma misteriosa neblina. Agora, inesperadamente, eu os distinguia de corpo inteiro. Constatei que a minha irmã do pescoço para baixo tomava proporção de pessoa gorda. Seios grandes, cintura alta, ancas volumosas e pernas grossas e pesadas. Os joelhos eram envoltos numa excessiva gordura. Suas mãos curtas sem proporção com os seus braços largos. A sua gritante mocidade não era perturbada, nem os seus movimentos sofriam a restrição própria das pessoas gordas. Os seus pés possuíam a linha mais para o quadrado do que para o comprido. Em todo esse conjunto pouco estético, ressaltava um rosto de belos olhos, boca bem desenhada, dentes fortes numa arcada perfeita. Nariz fino e atrevido e como moldura, cabelos fartos e sedosos. Um rosto lindo espalhando alegria e vitalidade, plantado num corpo de formas pesadas e sem estética.

Minha mãe não era tão magra como insinuava a linha do seu nariz e a apertura dos seus olhos. Corpo normal. As suas costas já tomavam a linha curva. Suas mãos, entretanto, assemelhavam-se às de um pedreiro. Pele grossa, dedos desfigurados pelo trabalho de lavar panelas e a roupa da família desde a sua juventude. Mãos que pareciam reprimir um gesto de agressão física a alguém. As suas constantes reclamações por tudo e por nada, os seus resmungos perenes, os seus solilóquios diários, substituíam o gesto de agressividade contido em suas mãos. Meu pai por inteiro correspondia à parte superior da sua cabeça que eu conhecia. Era todo tristeza, acomodação, fugindo de atritos e decisões da família. O seu andar lento e difícil, como se tivesse em cada perna o dobro do peso do corpo. Sua roupa gasta pelo uso balançava-se com independência do corpo. Nunca se mostrava em pijama. Estava sempre pronto para sair para o trabalho na repartição, fosse domingo ou feriado. A diferença entre o domingo e os dias de trabalho estava na troca dos sapatos pelos chinelos. Era uma figura estranha. Todo vestido, com gravata, de chapéu na cabeça e de chinelos. E de chapéu na cabeça ficava, mesmo nas horas de refeição, sentado à mesa. Esse detalhe fazia-me curiosa. Cobrir sempre a cabeça! Imaginei como faria ele no momento de deitá-la no travesseiro para dormir.

A nossa inquilina surpreendeu-se com a arrumação da sala e da minha transferência do quarto para o lugar mais importante da casa.

— Você mesmo quis sair do quarto? Aqui é melhor. Tem mais ar, mais claridade, e pela janela poderá olhar o céu pela manhã, o entardecer e a chegada da noite com suas estrelas. Fez muito bem. Vai sentir a diferença para melhor. Somente para dormir o seu quarto serve, mas não para nele viver isolada de tudo e de todos.

— Viver? Faz diferença estar nesta sala ampla e iluminada pelo sol se a escuridão interior é tão igual à que existe em qualquer lugar escuro? — A doce inquilina sorriu apenas.

— Já combinei com o nosso grupo de amigos. Hoje à noite virão todos. Virá um que é músico. Trabalha num escritório de aparelhos mecânicos que nada tem com música. Mas ele vive de música. Não que seja compositor ou tenha lucros materiais na venda de discos. Tem esse emprego modesto, vive modestissimamente, mas ainda faz o milagre de economizar para comprar um disco de Vivaldi ou Bach. Todos gostamos muito dele. Diz que no dia em que falta dinheiro para um simples jantar, ele alimenta o estômago fazendo-o ouvir Bach. Está sempre alegre, é comunicativo, muito educado por natureza, e profundo conhecedor da música, desde a música erudita à popular. É um tipo magnífico.

Ouvi da nossa inquilina a história do homem que se alimenta de música e pensei: "Que estranhos conteúdos têm as criaturas de Deus!... Enquanto o meu marido priva-se de uma refeição diária para o pagamento das prestações de um carro de segunda mão, somente com o propósito de chamar a atenção dos vizinhos e conhecidos, na pura intenção de sobressair na superfície das superfícies, esse outro, o músico, deixa de se alimentar para alimentar a sua sensibilidade ouvindo Bach."

No meu raciocínio comparativo senti que desprezava o meu marido. Mas como? Eu também sentia que ainda o amava. Então não podia desprezá-lo. Novamente entrei em conflito pelos meus raciocínios divergentes. Vi-me cercada pela oposição de identidade dos contrários.

À noite chegaram os amigos dos nossos inquilinos e mais o músico.

— Mudou-se para a sala? — perguntou o médico correndo os olhos pelos móveis. — Prefere aqui por questão de espaço e ventilação?

— Nem uma nem outra coisa. O espaço de que necessito não tem medidas e a ventilação que preciso é de uma qualidade muito especial ao meu dentro. Essa é rara. Pelo menos para mim. Como não posso alcançar nenhum desses dois, qualquer espaço ou qualquer ventilação me servem — respondi sem pressa, mas em tom de brincadeira.

— Aqui tenho a impressão de que não a incomodamos tanto quanto no seu pequeno quarto — falou o escritor.

— Afinal essa questão de incomodar não alarga ou diminui os espaços. Sempre há espaços vagos para serem ocupados, sem que necessariamente sejam enormes ou exíguos. Mesmo quando o espaço parece não comportar o nosso corpo, sempre encontramos uma maneira de cruzar os braços, curvar a cabeça, ou descarregar o peso do corpo sobre os joelhos e ainda sobra espaço — disse o engenheiro, com ar zombeteiro.

— Ele tem razão — disse o professor. — Vocês já viram o xadrez de uma delegacia, depois de uma "caçada" policial? Ficam homens sobre homens, todos tortos como aleijados. Ao menor movimento de um, o outro aproveita o espaço para se mover. E ainda sobra espaço no teto do xadrez. Nisso a lagartixa tem mais privilégios do que o homem. Caminha tranquilamente em todos os planos e espaços.

Eu ouvia e anotava cada um deles. O homem é divinizado por si mesmo e escarnecido por si mesmo — pensei. O amor ao próximo é difícil de ser exercido, tanto quanto difícil é amarmos a nós mesmos. "Ama o teu próximo como a ti mesmo." Impossível ser cumprida essa lei de Deus. Se não nos amamos, como podemos amar o nosso semelhante? Pelo egoísmo, nas suas mais variadas nuanças, não amamos o próximo e assim nos desamamos.

— Para mim — comentou o engenheiro — há espaço demais no mundo. O problema da explosão demográfica não passa de mais um cinismo da humanidade. As guerras, as pestes, a fome planejada, as enfermidades e a mortalidade infantil são coisas mantidas pelo homem para que nunca haja falta de espaço. Não é por falta de espaço na Terra que o homem resolveu usar a sua inteligência para ir à Lua. É sim pelo extremo cansaço de si mesmo e da sua aversão à vida em aglomerados. Ele já não suporta a sua incompetência para viver e, chegando ao ponto máximo da sua incompetência para solucionar os seus próprios problemas, inventou um novo aspecto de fuga. Fuga sem saber o que vai encontrar. Fuga na tentativa de encontrar a paz reclamada pelo seu espírito. No fundo, mesmo, o homem procura o isolamento. Na Terra já não encontra oportunidade para a reflexão, para a meditação sobre a sua verdadeira razão de ser. Essa vital necessidade da criatura de Deus impele o homem a enganar-se por meio da técnica. O mundo cada vez será mais técnico pela necessidade que o homem tem de fugir de si mesmo. E nisso prova que reconhece a impossibilidade de usar a sua inteligência em benefício da sua paz interior. O problema da explosão demográfica e da falta de espaço no mundo fica reduzido a nada quando a natureza ensina que no ventre da mulher há espaço não apenas para um só filho, mas para cinco ou seis.

Todos ouviam o engenheiro. Parecia-me que alguns discordavam, em parte, dos seus argumentos. Corri os olhos por todos eles observando as suas reações escondidas. Ele continuou:

— E assim é tudo. Aceitamos talvez por ociosidade mental certas coisas que cairiam por terra se empregássemos um pouco do nosso raciocínio. Por exemplo, a questão da autoridade. Ninguém procura analisá-la. Apenas aceitam-na. A autoridade baseia-se no poder de se fazer acreditar, mas esse poder é interminavelmente variável. É possível acreditarmos num fato acontecido ontem, mas hoje o mesmo fato pode insinuar dúvidas quanto à exatidão, propósito e à linha verídica do fato.

Lembro-me que em criança brincávamos um jogo que consistia em fazermos um círculo. O primeiro dizia baixinho uma frase curta no ouvido do companheiro ao lado que por sua vez transmitia também baixo ao outro e assim por diante até a frase chegar ao ouvido daquele que havia iniciado a brincadeira. Infalivelmente, a frase depois de percorrer oito ou dez ouvidos chegava totalmente diferente da original. Por que não tomar este exemplo para o composto da justiça dos homens? É ridículo afirmar que a autoridade significa um critério da verdade, ou de certeza sobre um acusado de qualquer coisa. No mundo vemos uma soma de conhecimentos comprovados e a humanidade os aceita pela autoridade dos seus portadores sem usar, para esses, a dúvida nas suas decisões. Se o inesperado interfere na certeza de ontem, então a autoridade toma um sentido de desconfiança mesmo que a autoridade se apresente documentada. E qual pode ser a certeza de um documento que é, ou pode ser forjado de acordo com os critérios de quem os apresentou como verdadeiro? É difícil, muito difícil mesmo, julgar acontecimentos passados ontem se aceitarmos a evolução da sociedade quando a autoridade pode ser pulverizada, gradualmente diluída, declinando inexoravelmente para a fase da desagregação. Vivemos flutuando numa ordem social baseada numa autoridade moribunda. Não é exato que a nossa ou a atual geração sejam as responsáveis pela desarticulação moral, intelectual ou espiritual. Somos apenas parcelas resultantes de várias sociedades acumulando erros e enganos propositais ou inconscientes. Não há propriamente em tempo algum uma crise de civilização e sim o fim de uma das muitas civilizações. A criatura habituou-se a usar e a obedecer uma coisa chamada autoridade que nada mais é do que a influência preferencial a um modo de proceder, de sentir, de pensar e de julgar. E qualquer uma dessas formas se deteriora com o tempo diante dos acontecimentos inesperados. O sentir varia de dia a dia, o pensar é modificado diante da realidade sempre transtornada e julgar é uma das coisas mais inconsistentes na consciência humana.

Os juízes, por exemplo, julgam de acordo com as suas interpretações às leis e firmados em documentos completados por muitas pessoas, cada uma com critérios pessoais. Por mais isentos, por melhores, por mais honestos que sejam, eles não escapam da sua forma de interpretação individual, acreditando que os documentos contêm com exatidão a verdade dos fatos. Cada ser humano tem a sua forma, a sua maneira única de sentir, de pensar e de concluir. É muito comum desembargadores reunirem-se para debater e julgar um fato e não chegarem à unanimidade de raciocínio. Há sempre dois ou três que votam em contrário à maioria e explicam as suas razões com clareza. O voto em separado é uma discordância da verdade da maioria. E por ser maioria será mesmo a verdade exata, enxuta e sem escuros? O que dá vida à humanidade são os enganos, a falta de reflexão e, principalmente, a ausência de curiosidade analítica. Podemos desmembrar um critério e pulverizá-lo em cada uma das suas partes.

Nenhum de nós interrompeu o engenheiro. Pareceu-me ser o seu raciocínio lógico, mas eu estava muito fatigada para refutar alguns dos seus pontos de vista e também porque me deu a impressão de que ele estava disposto a falar o resto da noite.

Ouvi na cozinha um barulho de louça, uma conversa entre minha mãe e minha irmã. Inesperadamente entraram na sala trazendo uma bandeja com xícaras e um bule de café. Senti que, sob essa gentileza, haviam encontrado um meio de aproximação com os visitantes que julgavam de alta posição social, porque possuíam um diploma. Sentaram-se ao redor da mesa minha mãe, meu marido e minha irmã, preparados para participarem nas conversas. Mas os assuntos que estavam sendo comentados, de acordo com a sensibilidade de cada um dos visitantes, eram inteiramente desconhecidos pelos meus familiares. Esperavam em silêncio a oportunidade de darem uma opinião que chamasse a atenção sobre eles, oportunidade de se tornarem íntimos de cada amigo dos nossos inquilinos. Os visitantes não tinham nenhum propósito de travar conversas incomuns. Para eles qualquer conversa, qualquer assunto carregava uma forma inteligente para ser examinado. Não eram conversas programadas no mesmo sentido em que os meus familiares entendiam. Observei que a minha irmã se sentiu um pouco embaraçada, a minha mãe bastante decepcionada e o meu marido cobriu-se de receio de opinar com ignorância sobre espaços, fugas e solidões humanas. Em silêncio guardou-se, forçando apenas uma concordância com um movimento de cabeça. Sentiam-se deslocados.

— Bem, superficialmente você tem razão — continuou o professor. — Mas dentro de cada um dos seus conceitos, de espaço, de autoridade e de fuga, há uma enormidade de enganos. A começar, o espaço é uma coisa, a fuga é outra. Podemos procurar espaços sem ter necessidade de fuga. São coisas diferentes e de carências diferentes. Não podemos opinar definitivamente sobre coisas de significação diferente, como se fossem uma coisa só. Podemos apenas dar interpretações inconsistentes. Como isso que fazemos. Conversamos, conversamos, mais no sentido de comunicação humana do que no sentido da verdade matemática.

— Mas, justamente por serem as nossas conversas sem cunho científico, técnico ou matemático é que se tornam atraentes para o nosso raciocínio. Quando um de nós expõe a sua opinião sobre uma questão, o faz para ativar a mente, para ativar o raciocínio do outro, e nessa troca de opiniões sempre a nossa sensibilidade ganha e o nosso espírito aprende. Se não fosse esta a nossa intenção, estaríamos fazendo conferências científicas ou apresentando a uma plateia conhecimentos técnicos. Falaríamos para técnicos e cientistas o que pode ser muito útil, de muito valor para meia dúzia de técnicos e cientistas, mas supremamente monótono para um auditório heterogêneo, onde os raciocínios e os pensamentos não encontram nenhum entrosamento com o ouvinte sentado ao lado. Apenas aqui nós conversamos. Não debatemos problemas para encontrar soluções e nem mesmo meias soluções. Nenhum de nós se considera intelectual de primeira água. Consideramo-nos amigos com liberdade de opinar diferentemente sobre assuntos que em geral são assuntos da humanidade. Fazemos somente uma pesquisa de pensamento. Desejamos ativar o nosso cérebro com conversas que tiram o nosso raciocínio da ociosidade. O homem vive em procuras e jamais achará o que deseja fora de si mesmo. No seu interior estão as coisas mais belas, as sensações mais deslumbrantes, os mais altos achados. Procura fora de si aquilo que só existe no seu interior: as riquezas da sua alma — opinou o escritor.

Depois calou-se, mas antes pediu desculpas por haver falado mais do que pretendia. Era um homem magro, de aparência tímida, e pela primeira vez opinava com maior duração de tempo. Possuía olhos claros, agudos como os de uma águia, dando-me a impressão de que toda a sua extraordinária sensibilidade, toda a sua notável apreensão e compreensão do humano, se faziam através do olhar. Já escrevera diversos livros de valor incontestável, mas guardava-se da promoção à glória numa modéstia sincera. Trabalhava num jornal, onde duas vezes na semana publicava trabalhos de grande beleza, de grande inteligência e rara potencialidade poética. Nas suas crônicas estudava o homem nos seus comportamentos sociais, nas suas contradições, nos seus mistérios, nos seus sofrimentos silenciosos e nas coisas e fatos mais simples, descobria uma força de vida que só as sensibilidades privilegiadas possuem. Depois de haver opinado, fechou-se em si e acompanhou o raciocínio dos companheiros.

Todos tinham pensamento próprio, raciocínio próprio, lembranças próprias, ensinamentos próprios e memórias próprias. Eu de próprio só possuía o meu corpo. A memória que não era minha abarcava o meu pensamento, o meu raciocínio. Levava-me e trazia-me do passado secular e um futuro sem depois. Eu me sentia na instabilidade do tempo.

— Vivemos sob a força da ciência e da técnica — continuou o músico. — A ciência procura. Sempre procura e continuará a procurar. Nunca está certa de que o seu último passo é o final. A ciência traz consigo a virtude da humildade. A técnica é a subversão contra o próprio homem. O homem é apenas o elemento aditivo. Quanto mais técnica, menos o homem é homem. Só respeito uma qualidade da técnica: a que aperfeiçoa sem destruir o homem, a que procura a perfeição do espírito. Fora disso, tudo é destruição, embora o homem diga que está avançando para uma existência melhor. A meu ver só a música salva o homem.

E virando-se para mim:

— Ouvi dizer que você não gosta de barulho, e cheguei à conclusão de que então não gosta de música.

— Música não é barulho. É harmonia, é melodia. Se acha você que música é barulho, devo declarar então que é o único barulho que a minha alma recebe com unção. Ela acalma os meus conflitos, ativa a minha sensibilidade ao mais alto. É a minha única forma de paz. Gosto de música em todas as suas confluências, assim também gosto de todos os instrumentos musicais. Excluindo o violino. Por melhor tocado, seja pelo maior intérprete, não gosto do violino. Desagrada os meus ouvidos. Ao som de um violino, sinto-me sempre num restaurante húngaro com um cigano tocando fino nos meus ouvidos. No conjunto de uma orquestra ele não se faz tão desagradável ao meu gosto. Mas sozinho é insuportável. Gosto imensamente da flauta. Dá-me a sensação de um pastor solitário entre ovelhas, nas distantes montanhas, falando em música com o Senhor.

O músico olhou-me desconfiado. Não entendeu. Também não insisti em explicações.

Os meus familiares vez por outra aproximavam-se do grupo de visitantes, esperando que tivessem mudado de assunto para outro em que pudessem participar. Mas ninguém falou de automóveis, de bens materiais, de assiduidade em reuniões mundanas, em problemas puramente pessoais. Não havia pois nenhuma oportunidade para a integração da minha família ao grupo de amigos dos nossos inquilinos. Senti que não lhes agradava, absolutamente, o estilo das conversas.

Na manhã seguinte ouvi minha irmã falando com o meu marido.

— Você entendeu aquela maluquice das conversas? Não dizem nada aproveitável, não falam dos seus planos na vida, não falam em pessoas conhecidas, não dizem o que fazem, o que ganham e como poderiam ganhar mais. Afinal, são pessoas com diplomas e devem ter um grande círculo de relações. "Ela" parecia entender os visitantes e conversava como se fosse um deles. Penso que a nossa casa é visitada por um bando de loucos mansos.

— Acredito que sejam intelectuais e como intelectuais vivem fora da realidade. O que lucrarão falando em espaços, fugas, conhecimento do espírito e outras coisas desse gênero? Ou, talvez sejam tão ricos que essas conversas constituam uma espécie de distração nas horas vagas — comentou o meu marido.

— Em todo caso — disse minha irmã —, sempre é melhor ver entrar em nossa casa pessoas que não sejam os nossos vizinhos. Agora, todos nos olham com uma certa inveja, com despeito. Ninguém vai à casa deles e a nossa vive cheia de pessoas. E com isso lucramos muito. Estamos em destaque sobre os outros. É possível que qualquer dia destes um dos visitantes fale em negócios e aí estará a nossa vez.

— Não me parece gente de negócios, mas acredito que tenham influência nos meios de divulgação. Um é jornalista, outro é engenheiro, outro é médico, outro é escritor e até, se não estou enganado, já li o seu nome num jornal. Quem sabe o nosso nome poderá ser publicado por um desses que trabalha em jornal? — Foi o comentário do meu marido.

O dia amanhecera luminoso. As cigarras, que tanto me atordoavam, cantavam histéricas ao mesmo tempo, no tronco da árvore ao lado da janela. Ninguém ouvia as cigarras. Eu tapei os ouvidos com as mãos e fechei os olhos, recusando a claridade do sol que entrava em cheio na sala. Decidi recolher-me ao meu quarto. Sentia-me cansada, desamparada, sofrendo todas as conversas, procurando uma pequena estabilidade na minha apagada memória. Mas essa fugia como o vento. Tentava aprumar-me na minha incapacidade de ser pessoa. Tudo era vulgaridade, aflorando no fútil e no falso. Sentia necessidade de me transformar num fantasma igual aos fantasmas da minha família.

Minha mãe entrou no meu quarto em silêncio e em silêncio saiu. Afinal, quem era eu para ela? Quem era eu para a minha família, desde que não estivesse exposta à noite aos amigos dos nossos inquilinos? Por que não era eu um jarro? Ganharia uma flor e teria o contato das mãos de minha mãe e às vezes da minha irmã; aquele, por exemplo, que estava sobre o aparador da sala, tão bem cuidado, tão estimado...

Dias depois, no meu quarto sozinha, ouvi o cair da chuva e dentro de mim senti como se fosse o meu próprio pranto. Como não tenho lágrimas, adotei os pingos d'água que batiam no peitoril da janela para umedecer a ardência do meu desconsolo. Tudo era mudo e nessa mudez recebi o mistério dos grandes elementos da vida e da morte. Esforcei-me para lembrar a face dos meus mortos; esforcei-me para colher os traços dos meus vivos. Foi um instante de horror. Todas as faces estavam diluídas em névoa pardacenta. Senti-me como a única filha de Deus que não possuía mortos nem vivos. Culpei-me em haver abandonado tantas belezas ao longo da minha existência. A chuva continuava a cair sem intermitência. Também estava sozinha. Não havia vento em sua companhia. Preferi o temporal que tudo move, que tudo arranca, que faz tremer o solo com trovões e despe o escuro do céu com relâmpagos, a esse monótono cair de chuva que atravessava as horas sem modificar o seu compasso.

A terrível tristeza sobre todos os meus desgastes aumentava de peso sobre a minha alma. Sentia-me um invólucro, apenas um invólucro resguardando formas moldadas em chumbo. Sabia que não guardava apenas tristezas minhas. Em peso eram as tristezas dos outros que haviam escolhido o meu espírito para pouso. Muitas tristezas alheias passadas em negro silêncio que acordavam no meu espírito pedindo ajuda como se eu tivesse a graça divina de suavizá-las.

De vez em quando ouvia as vozes da minha família e os passos arrastados do meu pai. Tinha ele as pernas tão inchadas que os seus pés não mais se elevavam do chão. Serviam apenas para puxarem com dificuldade o seu corpo leve e esquelético. Pesariam tanto assim os seus ossos?

A nossa doce inquilina entrou no meu quarto com a vida no seu sorriso de ternura humana. Olhei-a demoradamente, admirando-a. Ela possuía uma memória própria, podia sentir saudades da filha morta, sentir a alegria em distribuir o seu sorriso a quem dele precisasse como eu. Quis dizer-lhe isto, mas como levar-lhe o meu pensamento se o meu pensamento não tinha forças para se vestir com palavras? Havia nessa criatura alguma coisa especial que a ensinava a não perguntar quando não era oportuno, a não insistir quando percebia a muralha secreta que, repentinamente, me separava das pessoas. Possuía um entendimento extraordinário e um respeito raro ao meu silêncio. Como adquirira essas virtudes, como atingira esse grau de amor ao próximo? Ela era um dom de Deus, eu, uma privilegiada por conhecê-la.

— Você gostaria de ler? Ou prefere ficar só com você? — perguntou-me. — Se quiser posso trazer-lhe alguns livros sobre os assuntos que desejar.

Não respondi. Ela entendeu que eu preferia continuar entregue ao meu nada. Não sei se interpretou o meu silêncio como repouso. Tivesse eu forças para explicar, diria que o meu silêncio exterior significava a confusão tumultuosa do meu espírito, significava o terrível combate da minha alma ansiosa de luz e que a procura dessa luz esmagava a minha pessoa, impedia todos os sons da minha garganta, atropelava todos os prenúncios do meu raciocínio. E se explicasse, atingiriam as minhas palavras uma forma lógica de explicação? Como poderia eu realizar o esclarecimento de ideias, de vontades, para formar um pensamento nítido, se o meu pensamento consistia na verdade em milhões de pensamentos divergentes, a que eu não tivera o direito de escolher um, para expressá-lo como próprio da minha pessoa? A memória que não era a minha ditava-me pensamentos acumulados em séculos do passado e nascidos no futuro sem depois. Aflitiva sensação de um eterno e imutável vazio era o sistema da minha respiração; e como transformá-lo? Como apascentar essa angústia encalhada no meu ser? Às vezes, observava que vivia porque falava, movimentava-me e percebia vozes ao meu lado. Mesmo nesses momentos sentia que necessitava fazer um grande esforço para não tombar na ausência de mim mesma.

Já não experimentava sustos, nem espantos. Também sabia que não vegetava, pois, a minha sensibilidade ainda colhia no ar os elementos puros da vida e neles procurava a luz para a minha alma escura.

Não creio nos meus gestos, mas encanto-me com a beleza harmoniosa dos gestos das pessoas que o fazem sem a intenção de cobri-los de beleza. É tão linda uma mão fechada abrindo-se lentamente como o acordar de uma criança; é tão lindo um braço suspenso no ar movimentando-se num adeus; é tão linda uma cabeça erguendo-se para olhar o céu!

A nossa inquilina entrou e saiu várias vezes do meu quarto. Quando saía deixava o seu sorriso. Tão belo ter como companhia um sorriso deixado nos meus olhos!...

A noite passei em dura e convulsa insônia. Pela manhã ouvi minha irmã, com voz impaciente, indagar:

— Onde está o meu café? Por que a mesa não está preparada como sempre?

— Sua mãe está adoentada. Não conseguiu levantar-se. Queixa-se de dores no corpo — respondeu meu pai.

— E o que tenho eu com isso? Por acaso você não podia ter feito o café e preparado a mesa? A mãe não poderia fazer um esforço, levantar-se, preparar a nossa refeição matinal e depois deitar-se, mais um pouco? Não deve ser doença grave. Ontem à noite ela estava perfeitamente bem.

— Mas, como amanheceu doente, eu tinha pensado em combinar com você que hoje não fosse ao seu trabalho para substituí-la na casa e, além disso, fazer-lhe companhia. Ela pode precisar de alguma coisa e não convém ficar sozinha. Um dia apenas não irá prejudicá-la no seu emprego — pediu meu pai.

— Não posso. Por que você não fica para fazer o que quer que eu faça? Não gosto de ver, nem cuidar de doentes; não gosto de arrumar casa, limpar panelas, lavar louça e outras coisas desagradáveis. Não posso faltar ao emprego. É da maior quantidade de vendas de cosméticos que tiro o dinheiro nas comissões e com ele compro as coisas necessárias à minha pessoa e pago as prestações de roupa. Além do mais, como sou vendedora de produtos de beleza, preciso ter as mãos bem-tratadas, rosto descansado e uma aparência atraente. Se for lavar panelas, lavar louça, varrer a casa e ainda cuidar de doentes, amanhã estarei com as unhas quebradas, o rosto fatigado e os cabelos cheios de pó. Isso prejudica a minha figura de vendedora. Decididamente não posso ficar em casa nem um dia. Almoçarei e jantarei na cidade. Vocês que se arranjem. Podem aproveitar a nossa inquilina para ajudar no que for preciso. Ela gosta de fazer trabalhos de empregada doméstica e eu tenho horror só em pensar que por uma hora serei obrigada a fazer o mesmo.

— Sua mãe desde jovem fez os trabalhos da casa e nunca me passou pela cabeça que fosse ela uma empregada doméstica. Hoje ela adoeceu e não pode levantar-se.

O justo seria você ajudá-la como filha que é. Vou chamar um médico. Ela nunca adoeceu e isso me preocupa.

— É jogar dinheiro fora. Hoje à noite quando o amigo médico da nossa inquilina chegar ele receitará qualquer remédio. A utilidade dele entrando em nossa casa é essa. E depois, gente velha tem de adoecer e...

Nesse momento entrou na sala o meu marido e viu que ninguém havia preparado o café da manhã. Soube que minha mãe estava doente, de cama.

— Não tem importância. Nós dois — dirigindo-se à minha irmã — faremos hoje todas as refeições fora de casa, e como já estamos na hora do nosso trabalho, é bom sairmos logo.

E saíram. Não perguntaram que espécie de doença atacara a minha mãe, não pensaram que meu pai estava em jejum. Eles que se arranjassem com a nossa inquilina! E foi realmente a nossa inquilina que substituiu minha mãe nos afazeres domésticos. Mas o fez com a alegria de quem colabora, de quem espera uma oportunidade para servir a outros. Foi prestimosa, auxiliando os meus pais, sem esquecer que eu estava isolada no meu quarto.

Entendi que a vida da minha família era de total obscuridade, que existiam pela força impetuosa do egoísmo, pela insensibilidade humana, pela indiferença completa às dificuldades alheias. Senti que vivia num clima de desatinos, no da luta contra todos em benefício de cada um em particular.

A solicitude da nossa inquilina amainou a tristeza deixada pelas palavras secas e frias da minha irmã e do meu marido. Meu pai em silêncio, vestido para o seu trabalho, de chapéu na cabeça e ainda de chinelos, arrastava o seu corpo da sala para o seu quarto, esperando a hora de tomar a condução que o levaria à repartição. Na sua face surgiram indícios do pranto escondido. A atmosfera reteve por muitas horas o estado de pesadelo melancólico que a minha irmã e o meu marido deixaram.

Eu não podia afastar o peso da tristeza, porque nela eu respirava. Por mais que procurasse torná-la suportável com a compensação da atitude da nossa inquilina, com terrível força a tristeza feria o meu ser como um agudo cilício, encravando-se no meu corpo.

Fui coberta pela memória que não era a minha e que não me deixava em repouso, mesmo na minha tristeza. Lembrou-me que eu já sofrera tudo aquilo em vários tempos passados e futuros e não mais tinha a ingenuidade de sofrer por coisas acontecidas. A presença da memória que não me pertencia deslocava-me do presente, deitava-me na ausência de mim mesma. Porém, isso não trazia nenhum alívio. Sentia a minha alma contorcer-se como se sofresse dores insuportáveis. Tive vontade de abrir a boca e expulsar do meu corpo, num grito lancinante, a minha alma que sangrava. Mas, eu não era eu e por não ser eu, a vontade também não era a minha. Fechei os olhos e na tela das minhas pálpebras vi a dureza da face da minha irmã e do meu marido. Passei o dia em morno silêncio.

À tarde fui ao quarto de minha mãe na companhia da nossa inquilina que lhe levou um caldo como alimento. Estava ela pálida, com os cabelos cinzentos e pastosos e entregue às aflições do seu corpo. Afirmou que no momento se sentia melhor e que no dia seguinte estaria de pé, retomando os seus afazeres domésticos. Com ela ficamos até a chegada de meu pai, que me pareceu alegrar-se com a fisionomia aliviada de minha mãe. Algum tempo depois regressavam também minha irmã e o meu marido. Chegaram tranquilos, como se nada em casa tivesse sofrido alterações.

— Nós já jantamos. Viemos mais cedo para, no caso de aparecerem os amigos da nossa hóspede, fazermos um cafezinho para eles. Há dois dias não aparecem e já estamos sentindo falta do movimento na casa — disse minha irmã, jogando a bolsa em cima da poltrona da sala.

— Só ao chegarmos à porta é que reparamos haver esquecido de trazer alguma coisa da rua para vocês comerem. Também deixar de comer um dia e tomar chá até é bom para a saúde. — Meu marido falou, olhando-me rapidamente, com receio de encontrar uma recriminação nos meus olhos.

Nossa inquilina era testemunha da autodestruição dos membros da minha família, mas não demonstrava a sua reprovação. A sua atitude humana comigo deveria servir de lição aos meus familiares, não fossem eles incapazes de ver um gesto de grandeza de espírito além da pessoa para fins de utilidade imediata. Os nossos inquilinos significavam para eles um pagamento pelo aluguel do quarto, trabalhos de enfermeira e, no caso da minha mãe doente, a substituição de uma empregada doméstica.

Nesse ambiente, creio que os nossos hóspedes encontraram um campo magnífico para o aperfeiçoamento de seus espíritos. Serviam e agradeciam a Deus a oportunidade de servirem. Deparavam com o egoísmo e a insensibilidade, mas ainda agradeciam a Deus a oportunidade de ensinarem com santa humildade as valiosas lições de suas almas. Todos esses atos de grandeza eram por mim sentidos e vividos, mas para os meus familiares eram totalmente ignorados.

À noite chegaram os amigos dos nossos inquilinos. Minha irmã exibia-se com uma exagerada alegria, com gentilezas que não cabiam no seu modo de proceder. Meu marido quis ser o ponto de partida nas conversas. Falou sobre negócios, sobre as suas ambições e sobre a necessidade de alargar as suas relações sociais. Não encontrou resposta, porque os nossos visitantes não podiam ou não queriam emprestar ao assunto a mesma importância que ele. Não chegaram a indagar o gênero de seu trabalho. Sentindo-se sozinho com a sua própria conversa, pigarreou e pretextou sede para levantar-se. Vi-me constrangida por ele e pelos amigos visitantes. Nesse momento a minha irmã entrou na sala com um sorriso especial e especial gentileza, oferecendo uma xícara de café e um prato com biscoitos a todos. Ela mesma havia preparado o café — disse com vaidade esperando os elogios dos visitantes. Mas era um café comum, como todo café. Não cabia nenhum elogio além do costumeiro "muito obrigado".

Por coincidência o amigo médico não viera. Algum trabalho de urgência o chamara ao hospital. Minha irmã e o meu marido sentiram-se lesados com a ausência do médico que receitaria para minha mãe algum remédio. Como este não viera, também nada falaram sobre as causas da ausência de minha mãe na sala.

— Hoje encontrei um antigo conhecido, muito deprimido, com a ideia da morte. Confessou-me que jamais pensara na morte. Sofria de dores de cabeça, mas nunca dera importância. Sentira outros sintomas desagradáveis e resolveu procurar um médico. Depois de uma variedade de exames de laboratório, o resultado informava que a sua saúde estava gravemente afetada. O homem encontrava-se tão deprimido, que resolvi tirar do meu dia de trabalho algumas horas para lhe fazer companhia — disse o escritor, penalizado com o estado de ânimo do seu conhecido. — Medo da morte? Eu tenho medo da morte? — perguntou a si mesmo em voz alta, e virando-se para mim: — Você tem medo de morrer?

— Não tenho e ao mesmo tempo sinto medo da morte. O cansaço do meu corpo é aliviado com a esperança em morrer. Ao mesmo tempo sinto temor da morte. Como, e com que irei comparecer diante do Senhor, sem medo, com a alma cheia de erros, fraquezas e descuidos? Não sentisse no meu espírito tantas falhas praticadas durante a minha existência, estaria eu caindo na soberba ao julgar-me em estado de perfeição. O meu espírito apresentar-se-ia diante do Senhor em completa ausência de humildade. São, portanto, duas respostas diferentes e verdadeiras à sua pergunta. O prazer da morte do corpo cansado e ansioso de repouso e o pavor de apresentar-me com a alma suja diante do Divino com a arrogância de haver atingido a perfeição, dá-me um pavor maior do que o incontido desejo de paz no encontro da minha carne com a terra. Não sei se consegui explicar corretamente o meu desejo de morrer e concomitantemente o meu pânico da morte.

— Mas, você não gosta da vida?

— Imensamente. Nela encontro belezas transbordantes. Por exemplo: há coisa mais bela do que ver um casal de adolescentes namorando de mãos dadas, caminhando na praia, à beira do mar, de cabeças levantadas olhando para a frente? Há coisa mais linda e profunda do que o abraço de amigos? É como se toda a humanidade fosse constituída de irmãos carinhosos. Há coisa mais bela, mais emocionante, do que ver num domingo à tarde um operário ao lado da sua mulher, carregando nos braços em concha o seu filho pequenino como se o defendesse do mundo? Amo a vida pela imensidade de belezas que me oferece. Nela vejo tudo que impressiona e provoca o estado de contemplação. Coisas, ideias, pessoas, todo o universal, todo o particular, são belezas da vida que levam a minha sensibilidade a amá-la com especial intensidade. Sinto na vida um conhecimento confuso do perfeito. O que me faz amá-la não é apenas a proporção de sensibilidade que empresto a cada uma das suas partes, é a *presença* ou a *comunicação* ou ainda a *participação* da essência, qualquer que seja a maneira pela qual isto se realize. Você como escritor deve ter sentido a mesma beleza poética da vida que eu sinto, ao ver um operário no seu dia de folga passeando com a sua mulher e carregando o filho pequenino com extremo cuidado.

É lindo. Sempre que deparo com esta cena na rua tenho vontade de correr para abraçá-lo e beijá-lo como um irmão querido. Isso é vida em todo o seu esplendor, em toda a sua maior beleza. Não sei quantas pessoas já fizeram reparo nestes três exemplos que dei sobre o meu amor à vida. Mas, tenho certeza que você já sentiu e continuará a sentir todas essas emoções puras que a vida distribui aos homens a todos os instantes.

— Sei que a vida é o belo, e o belo é o bem conjugados no mesmo sentido de elevação, mas, será o belo o bem, as manifestações da humanidade atual lutando contra si mesma no sentido de se esvaziar de todo o seu conteúdo magnífico, de negar ao indivíduo o direito à solidão para usá-la na reflexão aos seus próprios pensamentos, ideias e sonhos? Você vê a vida observando belezas no operário humilde guardando nos braços o filho pequenino, mas haverá beleza da vida assistindo à humanidade silenciada e violentada pelas próprias injunções do mundo atual? Há beleza nas dores e sofrimentos guardados dentro de um hospital? No trucidamento físico e mental que o homem pratica hoje contra o seu semelhante?

— A minha forma de encontrar também a beleza da vida nos hospitais e nas torturas praticadas por um homem contra outro homem tem modalidades diferentes no sentido espiritual. A vida possui o belo e o bem, e o belo e o mal. É um conjunto de facções positivas e negativas. No belo e o bem há uma ordenação para a grandeza do homem. No belo e o mal existe a carência, a diminuição, a desfiguração dos sentimentos humanos. Há muita beleza no sofrimento, e já o fato de reconhecermos o sofrimento, a desfiguração dos sentimentos humanos é um aspecto do belo no mal que a vida mostra em seus pontos extremos. Não será belo compadecer-nos da alma de um criminoso? Não será belo imaginar uma mulher trazer em seu ventre um filho, desejando para esse filho todas as melhores coisas da existência humana e depois, mais tarde, após inúmeros sacrifícios, dores e trabalhos cansativos, vê-lo um homem dirigido pelo mal sem mesmo saber as razões que o levaram a atos condenáveis? O sofrimento estremece a alma com maior violência do que a felicidade. Em estado de felicidade cada indivíduo sente-se o autor da sua felicidade. Em estado de sofrimento o indivíduo eleva a sua alma a Deus e pede auxílio para a sua angústia. Ninguém em estado de felicidade compreende o sofrimento alheio. Só o Senhor. Não há diferenças? O equilíbrio da vida entre o belo no bem e o belo no mal está em usarmos a beleza da compreensão, da solidariedade, do valioso auxílio dos sentimentos e da sensibilidade para nos compadecermos diante do mal e de nos alegrarmos com a oportunidade de transformá-lo em bem para os outros. Se interpretássemos o mal como uma oportunidade para empregarmos a beleza do bem que está em todos os nossos momentos, veríamos que a vida é sempre bela. Compadeço-me tanto com os sofrimentos de uma pessoa que não conheço como com as das que conheço. Pode ser que seja uma forma de fazer uma troca com o Senhor, mas Ele sabe porque assim me fez. Creio que você não entendeu bem a minha explicação.

Creio que estive um tanto confusa. Uma vez ou outra, a memória que não é a minha policia o meu raciocínio. Posso dar um exemplo mais fácil de entender:

"A Igreja Católica é sábia. Quando mostra o mal é para transformá-lo em beleza. Jesus foi crucificado, violentado, despojado de todas as suas qualidades e direitos humanos. Sua Santíssima Mãe atravessou as piores dores, acompanhando o seu martírio até vê-lo deitado em seu colo com o corpo deformado, sangrado e morto. A crueldade do homem contra o homem. Não deixa de ser o belo no mal. A beleza do mal serve de recuperação à beleza do bem. A imagem preferida da Igreja é a do crucificado, a do sofrimento causado pela crueldade no sentido de redimir o espírito e levá-lo em beleza os filhos do Senhor. Vejo que há beleza no mal no sentido de atingir a suprema beleza do bem.

"Estou cansada e não posso situar melhor o meu pensamento porque a memória que não é a minha intercepta o meu raciocínio. Mas você como escritor deve ter captado a essência da minha concepção de beleza no mal e de beleza no bem.

— Compreendi perfeitamente — respondeu o escritor. — Posso não concordar com o conceito que faz da beleza no mal, posso achar que é muito difícil a inversão do mal para o bem e situá-lo mesmo como beleza paralela. Mas entendi o seu pensamento. Você é muito analítica. Possui a vivência intencional das coisas. Une componentes reais, ideais e espirituais. A atividade da sua sensibilidade apresenta um mundo físico que conduz à percepção intencional das coisas e dos fatos. É uma forma de sentir pensando — concluiu o escritor.

Os outros ouviram com atenção a contestação do amigo. Os membros da minha família vez por outra olhavam para mim enquanto eu expunha a minha opinião e cruzavam olhares entre si, como se confirmassem unanimemente o meu péssimo estado mental. Não encontrando oportunidades para uma conversa com os visitantes sobre negócios ou formas de fazer bons negócios, dispersaram-se e foram para os seus aposentos. Os nossos inquilinos ficaram na sala até a despedida dos seus amigos.

Depois do tempo exagerado que tomei na conversa com o escritor, caí em depressão. Os nossos inquilinos levaram-me até o meu quarto, deram-me um boa-noite carinhoso e pareciam muito felizes com a demonstração que eu dera interessando-me largamente pelo assunto.

Em geral eu opinava pouco. Inesperadamente, deitada no meu quarto, em vez da sombra do sono recebi a claridade no meu cérebro e como sempre iniciei as recriminações sobre as tolices que havia dito. Certifiquei-me que falara com a memória que não era a minha. Eu havia exposto uma forma de pensar como se fosse resultante do meu próprio raciocínio, quando realmente eram coisas que eu aprendera no futuro sem depois. Eu falara de coisas que estavam atrás das coisas. Saíra do tempo, mas falara como se estivesse no presente. Nova onda de repugnância contra mim mesma. Desejei que todos que me ouviram esquecessem totalmente as minhas palavras. Seria mais digno, mais sábio, mais verdadeiro, voltar-me à mudez antiga. Quis encaminhar o meu raciocínio sobre o que falara. Não consegui. Fiquei absolutamente escura. Uma mistura de passados e de futuros impedia que eu me aprumasse como pessoa.

Na manhã seguinte minha mãe levantou-se com dificuldade e preparou a refeição matinal. Notei o seu cansaço e mais ainda: os traços de amargura e decepção causados pela atitude de minha irmã na manhã anterior. Porém, a sua mágoa pela demonstração de excessivo egoísmo de minha irmã estava restrita à sua pessoa. A insensibilidade de minha irmã ferira unicamente a pessoa de minha mãe. Ela sofria por ela mesma. Nunca observara que a mesma atitude de minha irmã e do meu marido e inclusive a dela me havia ferido, não uma vez, mas durante vários anos. O sofrimento de minha mãe era então baseado no seu egoísmo pessoal. Eu lia o seu pensamento. Para a minha família ninguém em particular era pessoa. Todos transitavam sob o mesmo teto como fantasmas. Não havia no ambiente o propósito de participação, mas o de uma permanente predisposição de afastar de si o contato com o problema do outro. Cada qual estava coeso consigo mesmo na defesa dos seus interesses particulares ou de seus ressentimentos individuais.

Aquilo era uma família. Melhor definindo poderia ser um agrupamento de desconhecidos amontoados dentro de uma casa. A minha família era um composto de ausências.

O comportamento fraternal dos nossos inquilinos comigo não sofria alterações. O mesmo carinho, a mesma ternura no sorriso, a mesma preocupação para que eu sentisse algum interesse por alguma coisa que me subtraísse da apatia que de vez em quando se agarrava teimosamente ao meu corpo e aos meus sentidos.

À noite chegavam os amigos. Nem sempre vinham todos. Substituíam-se como se obedecessem a uma recomendação da nossa inquilina no propósito de nunca me encontrar sem a companhia de um deles.

A minha família continuava a manter o mesmo clima de euforia pelo comparecimento diário de visitantes diplomados. Parecia-me que haviam se desenterrado. Eu continuava a ser o objeto das suas tolas ambições, o meio pelo qual obteriam relações sociais importantes. Fora disso, quando só a família estava em casa, eu permanecia para eles como coisa sem utilidade. A minha utilidade vinha exclusivamente da utilidade que os amigos da nossa inquilina lhes poderia proporcionar. Nascia nos meus familiares outra espécie de vaidade: uma espécie de glória por verem a nossa casa frequentada por relações novas e promissoras que traduziam em prestígio junto à vizinhança.

Uma manhã entrou no meu quarto a nossa hóspede. Como sempre no rosto um sorriso. Na mão um jornal.

— Veja com que beleza falou o nosso amigo escritor sobre você. Se eu tivesse o dom de saber colocar em palavras escritas o meu sentimento e a minha admiração por você, não teria feito um trabalho tão perfeito!

De início olhei-a sem entender o que dizia. Entregou-me a página do jornal.

Depois de ler a crônica em que o amigo escritor citara o meu nome, senti que desmoronava. Ele imaginava em mim uma pessoa que não era eu. Em resumo, ele descrevia um achado e com a sua notável inteligência passava do indivíduo para o geral com habilidade rara. Eu, na sua crônica, passava a ser uma imagem e sem afirmar que saíra da minha boca, repetia na sua crônica frases e interpretações que eu havia exposto durante tantos meses de convivência amistosa. Das duas uma. Ou estava ele sem assunto, fato comum a quem tem o dever de escrever frequentemente num jornal, ou sofria de uma realidade imaginosa. Eu sabia que falara com a memória que não era a minha, eu falara como um elemento que conhecera, que sentira fatos passados enterrados em séculos de gerações e de gerações crescidas no futuro sem depois. Eu não era eu. Senti-me envergonhada, humildemente envergonhada e caída na dúvida de haver propositalmente enganado o amigo escritor. Ele nunca entendera que eu não era eu. Conversava e explicava-me por pressão da memória que não era a minha. "O Achado" era o título da sua belíssima crônica. Belíssima não por referir-se a mim, citando o meu nome na última linha do seu trabalho. Belíssima por descrever, analisar o ser humano sempre ligado ao escuro de si mesmo, ao silêncio e à solidão, de ser humano à procura da luz que cada um traz em si, sem saber quanto essa luz é forte e inapagável na alma do homem.

Nesse dia não saí do meu quarto. Quis fugir de todos e de tudo, e principalmente de qualquer comentário sobre a publicação da crônica do escritor sobre a minha pessoa. Sabendo que eu não era eu, estava deixando em engano o amigo, estava alimentando uma inverdade. Criou-se em mim novo conflito.

Ouvi o rebuliço da minha família lendo "O Achado". Sentiam-se consagrados. Compraram vários exemplares do jornal e cada um via no trabalho do escritor a sua própria glorificação. A crônica passou a ser para eles uma carteira de identificação valiosa. Não sabiam mesmo e não podiam apreender as qualidades intelectuais do autor. Na minha família a leitura do jornal sempre fora reduzida à coluna social.

— Quando alguém tiver dúvidas sobre a minha pessoa, retiro do bolso a crônica e com ela tenho passagem livre em todos os lugares, pois não foi escrita por um ninguém, e sim por um homem que assina o seu nome nos jornais! — exclamou com orgulho o meu marido.

— E vocês devem fazer o mesmo.

Minha irmã imediatamente recortou a publicação, colocou-a dentro da bolsa e ordenou à minha mãe que fosse à casa da vizinha ao lado e exibisse a *glorificação* da família. "Basta mostrar a uma só para que a vizinhança tome conhecimento imediato da consagração. Vai haver muito enterro nesta rua, depois dessa crônica." Minha irmã falava, sentindo-se o foco único da homenagem. Creio mesmo que os meus familiares não entenderam o espírito do trabalho do escritor. O meu nome não havia sido publicado por inteiro e tanto podia ser referente a mim como a qualquer outra pessoa com o mesmo nome.

Consagração, glorificação a quê? A quem? E por quê? Sentia-me como que apanhada em flagrante delito de roubo. Eu não era nenhum ser especial ou exótico, não tinha ideias novas sobre qualquer assunto que pudesse despertar a curiosidade de alguém, não possuía qualidades ou virtudes humanas ou espirituais para serem propaladas, não tinha condições intelectuais para expor teses incomuns. Sem a menor intenção eu estava assentindo em ser uma personalidade ligada ao estoico. O amigo escritor transformara-me em fato, no qual o seu espírito havia convertido em julgamento os dados que ele emprestara aos meus sentidos. Em consciência (mas que consciência? A minha? A consciência da memória que não me pertencia?), eu não poderia consentir tal engano de formas sobre a minha pessoa. "Tipo humano misterioso"... O mistério também não era meu, e se a vontade fosse minha de há muito eu seria uma criatura tão medíocre, tão superficial e tão nula de sensibilidade quanto os membros da minha família. Eu sabia que o mistério não era meu e sim da memória que não era a minha. Havia um engano completo do amigo escritor. Aliás, ele me havia colocado como parte de um todo, havia me analisado como parte da raiz da humanidade. Se não houvesse no fim da crônica dito o meu nome, ninguém saberia se falava de uma pessoa ou de todas as pessoas em geral. O que particularizou foi o meu nome e assim mesmo sem o sobrenome. A *glória*, portanto, ficava restrita ao entendimento da minha família, dos nossos inquilinos e aos moradores da nossa rua. Se os meus familiares não tomassem a *consagração* como vaidade de cada um, a crônica seria lida sem a menor ligação comigo.

E talvez mesmo nem lida fosse pela minha família, que só usava a página do jornal que trata da vida mundana.

Entendi que era obrigação minha preparar uma explicação para o amigo escritor quando ele chegasse à noite. Mas... deveria eu agradecer? Agradecer um engano? Um engano sobre uma ilusão? Não. Em princípio eu não poderia agradecer. Todas as sensações que eu expusera como sendo minhas, durante tantos meses, não me pertenciam. Todas eram uma resultante do domínio da memória que não era a minha. Os conhecimentos não eram meus, todos os argumentos não eram meus e todos os silêncios também não me pertenciam. Senti-me como autora de uma chantagem. Em vez de agradecimento eu precisava pedir desculpas.

Como solução, resolvi que melhor seria não tocar no assunto da crônica com ninguém, e principalmente com o autor. Creio que ele previu a minha reação e por muitos dias não veio à nossa casa. O passado entrou no presente de nós dois.

Decorrida uma semana ele apareceu e nenhum dos presentes falou sobre "O Achado". Pelo menos na minha frente. Para a sua magnífica modéstia, para a sua natural e límpida modéstia, foi também uma boa solução. Era uma pessoa verdadeiramente avessa aos elogios e aos agradecimentos. Para mim foi como se houvesse obtido o perdão de todos eles. E só Deus sabe como sincera expressou-se a minha alma, tomando a decisão do silêncio.

A minha família ao contrário. Passou a usar os elogios à minha pessoa como se dirigidos a cada um em particular. Enfeitavam-se com as inconsistentes glórias, os inconsistentes elogios e procuravam usufruir homenagens e privilégios para os seus interesses materiais. Tiravam do bolso o recorte e explicavam, mesmo a quem não se interessava, a superioridade da família. A família eram eles.

Alguns dias depois, reunidos na sala pela manhã, conversavam e ajustavam suas "glórias".

— Vocês devem a mim o fato de deixá-la aqui quando desejavam levá-la para um sanatório — disse minha mãe. — Fui eu quem resolveu mudá-la para o quarto ao lado da cozinha, alugar o quarto onde ela estava e assim solucionar as nossas dificuldades financeiras. Vocês queriam jogá-la num sanatório fora da cidade. Se hoje a nossa família tem o nome no jornal, deve agradecer a mim, somente a mim.

— E eu? Eu também fiquei com a solução apresentada por você. E se concordei, tenho o direito de receber o agradecimento que me cabe — replicou minha irmã.

— Bem, a ideia de levá-la para um sanatório longe daqui foi minha. Isso porque tínhamos um problema financeiro a resolver. Porém, o maior agradecimento quem merece sou eu. Como marido eu podia insistir nos meus propósitos e ninguém na família possuía formas legais mais fortes do que as minhas, ninguém podia sobrepor-se à minha vontade. Se eu quisesse insistir, a minha ideia seria cumprida contra a vontade de todos. Eu sou o marido. Não foi internada porque eu não quis, porque eu aceitei a decisão de transferi-la de um quarto mais fácil de ser alugado por melhor preço, para o outro no fim do corredor. Vocês estão enganados, pensando que têm direitos a agradecimentos, quando só eu os mereço pela minha condição de marido. Quando uma mulher se casa, nem pai, nem mãe, nem irmã têm poder mais alto do que o marido. Fiquem sabendo da verdade para não exigirem de mim agradecimentos sem fundamento. E devo ainda esclarecer que parte do prestígio que a família hoje possui vem também do carro que comprei contra a vontade de vocês. Explico: se os nossos inquilinos não vissem que éramos melhores do que a vizinhança, e a superioridade veio do carro, não teriam trazido para dentro da nossa casa os seus amigos de situação social elevada. Queiram ou não, o carro tem muita participação em tudo que está acontecendo de bom na família.

Meu marido falava com arrogância. Eu ouvia as confabulações dos meus familiares. Com as mãos cobrindo o rosto e com a alma enterrada em nojo, eu fiquei imóvel. Alienada, paralítica, muda ou inutilizada, eu era uma pessoa. Entretanto para eles não passava de um pedaço de coisa. Tive a sensação de um bando de urubus disputando os restos de carniça. Cada um era o dono, o proprietário da minha presença na casa. Cada um agora sentia-se o construtor da sua própria glória ao permitir que eu existisse sob o mesmo teto com eles.

Senti-me um objeto sofrendo a concorrência para fins determinados à utilização dos meus familiares.

Meu pai ouviu a disputa em silêncio e em silêncio retirou-se para o seu quarto. Foi o único a comportar-se com dignidade.

Nos dias seguintes não tive disposição para sair do meu quarto. Passava-os deitada na cama. Sentia-me terrivelmente desconsolada. Carregava o peso de todas as fadigas do universo, as passadas e as futuras. O meu pensamento era pastoso e não conseguia ligar-se a coisa alguma. O meu raciocínio seguia o mesmo desligamento. Notei que tinha as pernas muito inchadas. Tanto quanto as do meu pai. Além do cansaço de séculos, conhecido pela minha alma, um outro juntava-se ao meu corpo com sintomas diferentes. Sentia uma dormência no lado esquerdo e uma dor fina crescia no meu peito. Era presa de um inexplicável mal-estar.

Nossa inquilina preocupou-se com a minha saúde e notificou à minha família o meu estado.

— Mas ela não pode ficar doente agora — comentou minha irmã.

— Não pode agora, nem daqui para a frente — respondeu o meu marido. — Não é justo, nem cabível que logo agora ela, por qualquer enfermidade passageira interrompa as reuniões com as pessoas que frequentam a nossa casa. Ela tem de cooperar, mesmo que não tenha vontade para isso. É bem possível que seja o que aconteceu há anos atrás, uma picardia contra nós. Todos, na época, pensávamos que ela estava paralítica e muda, mas na verdade estava enganando a todos. O melhor é não darmos importância às suas queixas, que a meu ver é uma forma de manha, uma forma de chantagem para chamar a atenção sobre si e não propriamente sintomas de uma enfermidade. Logo à noite o médico amigo da nossa inquilina a examinará e verão vocês como eu estou com a razão. O necessário é que ela saiba que não mais seremos enganados, como já fomos uma vez. Pernas inchadas tem o "velho" e nem por isso deixa de andar e de comparecer ao trabalho todos os dias. Cansaços, todos têm, e ela com menos direito de estar cansada, porque vive sentada, confortavelmente, numa poltrona sem nada fazer. Só se for cansaço por descansar demasiadamente. É pura manha e eu não dou importância a manhas de uma mulher que já não é criança. Até a noite ela compreenderá que tem, agora mais do que nunca, a obrigação de estar na sala recebendo os visitantes. Seria até uma desconsideração com os nossos inquilinos.

Minha irmã e minha mãe concordaram plenamente com os argumentos do meu marido.

Deitada no meu quarto sentia que da ponta dos meus dedos nasciam milhares de formigas subindo pelo meu lado esquerdo e um suor penoso e frio brotava do meu corpo, embora eu não fizesse nenhum movimento ou esforço para provocá-lo. O mal-estar aumentava, e a dor no meu peito, lentamente, tomava forças ameaçando quebrar-me os ossos.

"Devo estar sob pressão emocional — pensei. — A permanente convulsão da memória que não é a minha traz-me angústia e um sofrimento tão agudos que possivelmente atira sobre o meu corpo os seus reflexos. O desconsolo também se encarrega de estraçalhar a minha vida física."

A nossa doce inquilina não saiu do meu quarto, observando as contrações do meu rosto e esperando qualquer esclarecimento nos meus olhos quase cerrados. Passei o dia com um crescente cansaço, com dores mais assinaladas e banhada em suores frios. Ouvi quando a nossa hóspede chamou a atenção da minha mãe para a minha acentuada palidez. Com um lenço secava a umidade da minha testa, esfregava com álcool as minhas mãos geladas. Sem abrir os olhos, vi que ela não se sentia tranquila com o meu aspecto. Sugeriu que chamassem um médico qualquer para socorrer-me.

— Isso passa. Ela não tem febre — concluiu meu marido.

À noite chegaram os amigos visitantes e foram introduzidos no meu quarto. O médico notando a transformação da minha fisionomia marcada pela dor, pediu que se retirassem enquanto iria examinar-me. Fez-me perguntas que eu respondia com imensa dificuldade. Tomou o meu pulso e senti longe, muito de leve, a sua mão tateando o meu peito à procura do último e único ponto de vida no meu coração. Pediu que todos voltassem ao meu quarto.

Senti o regresso da minha cabeça gêmea no meu ombro convidando-me a acompanhá-la definitivamente. Consenti em ser levada.

Pela fresta das minhas pestanas reconheci todos que rodeavam a minha cama. Apenas meu marido, que eu nunca perdera a sua figura nos seus mínimos detalhes, parecia-me agora haver se transformado em um corpo de vidro transparente. Tão transparente que através dele eu via nitidamente os objetos colocados sobre um móvel do meu quarto. E principalmente com nitidez extraordinária como se estivesse em primeiro plano, um copo no qual a nossa inquilina quase diariamente trazia-me uma rosa. Fixei com mais atenção o meu marido e novamente o vi como se fosse uma forma de homem feita de vidro transparente. Entendi.

No tempo de noivado, o meu grande amor o apresentara como o reduto de todas as virtudes, todas as grandezas, da maior inteligência e de todos os mais altos atrativos. Depois de casada o meu amor perdoara os meus enganos e justificava os erros, as omissões e insensibilidades do meu marido. Agora, eu o via sem as qualidades que o amor empresta. Com a minha última lágrima já entrando no silêncio dos mundos, pensei: "Pior do que a ausência do amado, pior do que a solidão dos desertos é a ausência do sentimento de amor."

Ninguém ouviu o meu pensamento de adeus. Mantinham-se surpresos e confusos diante do que lhes parecia misteriosamente incompreensível.

Nesse instante, como o fenômeno de levitação, vi o meu corpo no espaço e aos poucos ser desfiado e levado como flocos de paina.

A memória que não era a minha mostrou-me tudo há muito conhecido, mas dizia-me que o melhor ainda era o nunca existido.

A minha cabeça gêmea falou-me que agora todas as dissonâncias estavam em perfeita harmonia comigo, a harmonia invisível que me fazia atingir distâncias e sons nos quais eu perceberia espaços coloridos, posições exatas e direções tantas que eu perderia a visão das formas para colher percepções do átomo infinitesimal.

De instante a instante senti os meus fragmentos serem disputados pelas mãos dos ventos variáveis.

Fui possuída pelo medo e vi-me dissolvida em grãos de areia, impossibilitada de juntar-me novamente. Todos os abismos abriram-se como enormes flores sugadoras captando a minha multiplicidade, tirando-me a vontade de ser pensamento puro.

Em cada grão de mim nasceram pequeninas luzes que corriam com velocidade desencontrada para todas as camadas do espaço.

De quando em quando a memória que não era a minha deixava-me recordar algum círculo nascente, mas rapidamente essas lembranças submergiam e dispersavam-se em seu esconderijo profundo. Depois voltavam com ruídos novos que eu tentava reunir para formar o conhecimento do espaço. Eu desejava outra felicidade mesmo que fosse a que não se prende à alegria verdadeira, mas a memória que não me pertencia impedia-me de formar imagens na vontade que não era a minha. Tudo se fazia em mim com o sentido antecipado de perda irrecuperável que terminava numa sensação de repouso final, de entrega a uma vontade maior e intransferível.

Pelos caminhos percorridos vi multidão de mulheres lavando cuidadosamente milhares de ossos de corpos descarnados, e ouvi como um grito universal o gemido de milhões de moribundos. Vi o volume compacto de almas recebendo com unção a última prece recitada pelas sombras amadas. Procurei a alma que eu amara, mas não encontrei o oferecimento do seu último ato de amor.

Eu estava dirigida pela memória que não me pertencia, mas a minha cabeça gêmea repetia a minha dissolução no eterno. Recorri aos meus últimos fragmentos no desejo de saber o fim desse enigma tão angustiante. Mas, a memória permanecia muda, sem explicações; as minhas tênues e esgarçadas energias eram comandadas e todas as minhas objeções infundadas foram destruídas na sombra da verdade.

Eu não era eu. Nada de meu guardara no espírito. Depois de um silêncio de séculos, entendi que a perda da minha memória significava o meu nascimento no infinito.

Flutuando nos ventos variáveis, senti-me cada vez mais poeira, cada vez mais nebulosa, e lentamente fui deixada como traços no espaço pelos ventos cansados.

No vácuo absoluto, depois empurrada para o ninho das luzes nascentes, procurei refúgio na luz mais humilde e nesse instante todas as memórias entraram na linha do esquecimento.

A minha cabeça gêmea despregou-se do meu ombro e olhou-me com um adeus definitivo que aos poucos se transformou em neblina.

No futuro sem depois eu formaria a minha própria luz perdida na distância de todas as paisagens nascidas e por nascerem. Distanciei-me, distanciei-me confundida na minha própria solidão-luz.

## SOBRE A AUTORA

Poeta, romancista, contista e jornalista. Filha de Gualter Ferreira e de Rosa Cancela Ferreira — ele mato-grossense e ela portuguesa e neta de francesa — Adalgisa Maria Feliciana Noel Cancela Ferreira nasceu no dia 29 de outubro de 1905, no bairro de Laranjeiras, no Rio de Janeiro.

Órfã de mãe aos oito anos, Adalgisa Nery desde a infância demonstrou forte sensibilidade poética. Em 1922, aos 16 anos, casou-se com o artista Ismael Nery (1900–1934), com quem teve sete filhos, todos homens, mas somente o mais velho, Ivan (1922–2003), e o caçula, Emmanuel (1931–2003), sobreviveram.

O primeiro casamento lhe proporcionou convívio com intelectuais como Álvaro Moreyra (1988–1964), Aníbal Machado (1894–1964), Antônio Bento (1902–1988), Graça Aranha (1868–1931), Jorge de Lima (1893–1953), Manuel Bandeira (1886–1968), Mario Pedrosa (1900–1981), Murilo Mendes (1901–1975) e Pedro Nava (1903–1984). Entre 1927 e 1929, Adalgisa e Ismael viveram na Europa e conheceram artistas de vanguarda como Villa-Lobos (1887–1959) e Marc Chagall (1887–1985). Viúva em 1934, aos 29 anos, trabalhou na Caixa Econômica e depois no Conselho de Comércio Exterior do Itamaraty.

Incentivada por amigos como o poeta Murilo Mendes, publicou seu livro de estreia, *Poemas*, em 1937, com o editor Ruggero Pongetti (1900–1963). Colaborou com diversos jornais e revistas do Chile, Peru, Uruguai e Brasil — entre os periódicos brasileiros, destacam-se *Lanterna verde*, *Diretrizes*, *Correio da Manhã*, *O Jornal* e *O Cruzeiro*, *Dom Casmurro* e *Revista Acadêmica;* nesta, publicou seu primeiro poema "Eu em ti".

Em 1940, casou-se com Lourival Fontes (1899–1967), então diretor do DIP (Departamento de Imprensa e Propaganda) da ditadura de Getúlio Vargas (1882–1954), desempenhando um papel crucial nas relações entre o Estado Novo e os intelectuais. Com o segundo marido, viajou para o exterior em missão diplomática no Canadá e nos Estados Unidos, residindo em Nova York. Em seguida, mudou-se para o México, onde Fontes se tornou embaixador. Tornou-se personalidade conhecida neste país e fez amizade com os artistas David Siqueiros (1896–1974) e Rufino Tamayo (1899–1991), Frida Kahlo (1907–1954), Diego Rivera (1886–1957) e José Orozco (1883–1949) — os dois últimos a retrataram. Em 1952, foi a primeira mulher a ser condecorada com a Orden del Águila Azteca, concedida pelo Governo Mexicano, por suas conferências sobre a poeta Juana Inés de la Cruz (1648–1695).

Em 1953, o editor francês Pierre Seghers (1906–1987) publicou *Au-delà de toi*, coletânea de poemas de Adalgisa Nery, com tradução de Francette Rio Branco. No mesmo ano, terminou o casamento de 13 anos com Lourival Fontes.

Cercada de inimizades, como o então governador Carlos Lacerda (1914–1977), e herdeira política de Getúlio Vargas (1882–1954), passou a dedicar-se à carreira de jornalista, assinando a coluna diária sobre política nacional e internacional, *Retrato sem retoque*, no jornal *Ultima Hora* de Samuel Wainer (1910–1980).

Em 1960, foi eleita deputada, com 8.900 votos, pelo Partido Socialista Brasileiro, do então Estado da Guanabara; sendo reeleita em 1962, desta vez pelo Partido Trabalhista Brasileiro, com mais de 9.000 votos. Em 1965, quando os partidos são dissolvidos e unificados, vai para o MDB, se reelegendo em 1966 com 15.800 votos. Em 1969, tem sua coluna no jornal censurada e seus direitos políticos cassados pelo golpe militar.

Durante o período em que esteve envolvida com a política, Adalgisa Nery escreveu seu romance autobiográfico *A imaginária*, documento existencial no qual tratou dos anos normativos, marcada com ênfase pelo primeiro casamento.

Sem recursos próprios, Adalgisa morou na casa do filho mais novo, o artista plástico Emmanuel Nery e também na casa do jornalista e apresentador Flavio Cavalcanti (1923–1983). Em 1976, internou-se por espontânea vontade em uma clínica geriátrica Estância

São José, em Jacarepaguá, no Rio de Janeiro. Após sofrer um acidente vascular cerebral, que lhe deixou afásica e hemiplégica, Adalgisa Nery faleceu no dia 7 de junho de 1980, aos 74 anos.

Sua obra é composta dos livros: *A mulher ausente* (poemas, 1940); *Og* (contos, 1943); *Ar do deserto* (poemas, 1943); *Cantos de angústia* (poemas, 1948); *As fronteiras da quarta dimensão* (poemas, 1952); *A imaginária* (romance, 1959); *Mundos oscilantes* (coletânea de poemas, 1962); *Retrato sem retoque* (crônicas, 1966); *22 menos 1* (contos, 1972); *Neblina* (romance, 1972); e *Erosão* (poemas, 1973).

O Arquivo Adalgisa Nery, doado pela escritora Ana Arruda Callado em 1996, encontra-se no Arquivo Museu de Literatura Brasileira da Fundação Casa de Rui Barbosa.

# CRONOLOGIA[1]

**1905** — no dia 29 de outubro, nasce Adalgisa Maria Feliciana Noel Cancela Ferreira no Rio de Janeiro.

**1912** — muda-se com a família para Vassouras, RJ, ingressando lá no Colégio Santos Anjos.

**1922** — casa-se, em março, com Ismael Nery, pintor, poeta, bailarino e pensador. Nasce o primogênito, Ivan. Em sua casa são frequentes as reuniões com Manuel Bandeira, Murilo Mendes e Antonio Bento.

**1927** — viaja com o marido para a Europa, lá permanecendo por dois anos.

**1929** — viaja com o marido para Montevidéu e Buenos Aires.

**1931** — nasce o filho caçula, Emmanuel.

**1934** — morre Ismael Nery, dia 6 de abril, deixando-a viúva com dois filhos, Ivan e Emmanuel.

**1937** — publica seu primeiro poema, "Eu em ti", na *Revista Acadêmica* e seu primeiro livro, *Poemas*.

**1938** — colabora com a revista *Diretrizes*, fundada por Samuel Wainer e Azevedo Amaral, publicação que reuniu

---

[1] A partir de pesquisa de Ana Arruda Callado.

intelectuais como Aldous Huxley, Aníbal Machado, Carlos Lacerda, Cecília Meireles, Ernest Hemingway, Jorge Amado, Joel Silveira, José Lins do Rego, Manuel Bandeira, Marques Rebelo, Oswald de Andrade, Rachel de Queiroz, Raymundo Magalhães Júnior, Rubem Braga e Vinícius de Moraes.

**1940** — casa-se, dia 21 de maio com Lourival Fontes, chefe do Departamento de Imprensa e Propaganda (DIP); publica o livro de poemas *A mulher ausente*.

Acompanhada de Lourival Fontes, entre 1940 e 1945, viaja em missão diplomática no Canadá e nos Estados Unidos, residindo em Nova York.

**1943** — publica o livro de contos *Og* e o de poesia *Ar do deserto*.

**1948** — publica *Cantos de angústia*.

**1952** — viaja ao México, para a posse do presidente Adolfo Ruiz Cortines, como embaixadora plenipotenciária do Brasil.

Convive com artistas mexicanos como os pintores Diego Rivera e José Orozco pelos quais é retratada.

Torna-se a primeira mulher a receber a Orden del Águila Azteca, concedida pelo governo mexicano, por suas conferências sobre a poeta Juana Inés de la Cruz (1648- 1695).

Publica o livro de poemas *Fronteiras da quarta dimensão*.

Viaja a Paris; publica antologia de poemas de sua autoria, *Au-delà de toi*, editado por Pierre Seghers e traduzido por Francette Rio Branco.

**1953** — separa-se de Lourival Fontes.

**1954** — começa a publicar uma coluna diária política nacional e internacional no vespertino *Ultima Hora*.

**1959** — publica o romance autobiográfico *A Imaginária*.

**1960** — é eleita deputada à Assembleia Constituinte do estado da Guanabara, pelo Partido Socialista Brasileiro.

**1962** — é eleita deputada estadual, agora pelo PTB, publica o livro de poemas *Mundos Oscilantes*.

**1963** — publica *Retrato sem retoque*, coletânea de artigos políticos publicados diariamente no *Ultima Hora*.

**1966** — reelege-se, desta vez pelo MDB, onde ingressa com a implantação do bipartidarismo. Deixa o *Ultima Hora*.

**1967** — grava depoimento no estúdio do Museu de Imagem e do Som, no Rio de Janeiro, no dia 27 de junho, sendo entrevistada por Paulo Silveira, Peregrino Júnior e Carlos Drummond de Andrade.

**1969** — é cassada em seu mandato e em seus direitos políticos.

**1971** — concede entrevista ao *O Pasquim* (edição número 88), tendo Paulo Francis, Sérgio Cabral e Fausto Wolff como interlocutores.

**1972** — publica os livros *22 menos 1* (contos) e *Neblina* (romance).

**1973** — publica *Erosão* com suas últimas poesias.

**1974** — o romance *A imaginária* é editado na Coleção Literatura Brasileira Contemporânea.

**1976** — interna-se, dia 15 de maio, na Estância São José, uma clínica geriátrica em Jacarepaguá, Rio de Janeiro.

**1977** — sofre, dia 24 de julho, um acidente vascular cerebral que a deixa hemiplégica e sem voz — assim como a narradora-personagem de seu último livro, *Neblina*.

**1980** — morre, no dia 7 de junho, na mesma clínica onde se internara em 1976.

# OBRAS

## Poesia

*Poemas.* [livro de estreia], 1ª ed., Rio de Janeiro: Pongetti, 1937.

*A mulher ausente.* [capa de Santa Rosa e seis ilustrações de Cândido Portinari], 1ª ed., Rio de Janeiro: José Olympio, 1940.

*Ar do deserto.* [capa de Santa Rosa], 1ª ed., Rio de Janeiro: Livraria José Olympio Editora, 1943.

*Cantos da angústia.* [capa de Santa Rosa], 1ª ed., Rio de Janeiro: Livraria José Olympio Editora, 1948.

*As fronteiras da quarta dimensão.* 1ª ed., [capa de Santa Rosa], Rio de Janeiro: Livraria José Olympio Editora, 1952.

*Mundos oscilantes.* [poesias completas, texto de orelha de Geir Campos e reprodução de retrato de Adalgisa Nery por Candido Portinari], 1ª ed., Rio de Janeiro: Livraria José Olympio Editora, 1962.

*Erosão.* [Ilustrações de Ryne], 1ª ed., Rio de Janeiro: Livraria José Olympio Editora, 1973.

## Romance

*A imaginária.* [capa de Cândido Portinari], 1ª ed., Rio de Janeiro: Livraria José Olympio Editora, 1959.

*Neblina.* [capa de Eugênio Hirsch a partir de desenho de Ryne e texto de orelha de Jorge Amado] 1ª ed., Rio de Janeiro: Livraria José Olympio Editora José Olympio, 1972.

## Contos

*Og.* [capa de Santa Rosa], 1ª ed., Rio de Janeiro: José Olympio, 1943.

*22 menos 1.* 1ª ed., Rio de Janeiro: Editora Expressão e Cultura, 1972.

## Crônicas

*Retrato sem retoque.* [capa de Eugênio Hirsch e texto de orelha de Ênio Silveira], 1ª ed., Rio de Janeiro: Civilização Brasileira, 1966.

## Antologias

*Antologia da nova poesia brasileira — Os melhores poemas selecionados pelos próprios autores.* Organização de J. G. de Araújo Jorge. [poemas de Adalgisa Nery, Afonso Félix de Souza, Alphonsus dos Guimarães Filho, Antonio Olinto, Carlos Drummond de Andrade, Carlos Heitor Cony, Helio Peregrino, Lêdo Ivo, Lucio Cardoso, Mario Quintana, Vinicius de Morais, entre outros] Poemas da autora: "Poesia

Marítima", "A um homem" e "Estigma". Rio de Janeiro: Vecchi Editora, 1948.

*Poesia brasileña contemporanea: crítica y antologia.* Gaston Figueira. Montevideo: Instituto de Cultura Uruguayo-Brasileño, 1947.

*Au-delà de toi* (coletânea), de Adalgisa Nery. [traduzido por Francette Rio Branco e editado por Pierre Seghers] Poemas: "Au delà de toi", "Message d'amour", "Poème de l'amante", "Nouveau message d'amour", "La présence de l'aimé", 'Repos, Prière", "Apprition", "Lettre d'amour", "La femme et la mort", "Poème" e "Ebauche". Paris: Éditions Seghers, 1952.

*Antologia nacionalista — brasileiros contra o Brasil — volume 1* [prefácio de Gabriel Passos e textos sobre nacionalismo de Adalgisa Nery, Caio Prado Júnior, Elias Chaves Neto, Gondin da Fonseca, Osny Duarte Pereira, Paulo F. Alves Pinto e Pompeu Accioly Borges] Rio de Janeiro: Fulgor, 1958.

*Panorama do conto brasileiro.* Organização de Raimundo Magalhães Júnior [1 – O conto feminino; 2 – O conto fantástico; 3 – O conto paulista; 4 – O conto mineiro; 5 – O conto do Norte; 7 – O conto do Rio de Janeiro.] Rio de Janeiro: Civilização Brasileira, 1959.

*Antologia nacionalista — sopram os ventos da liberdade — volume 2* [prefácio de Oswaldo Costa e textos sobre nacionalismo de Adalgisa Nery, Américo Barbosa de Oliveira, Gondin da Fonseca, Gabriel Passos, Osny Duarte Pereira, Paulo F. Alves Pinto e Sergio Magalhães.] Rio de Janeiro: Fulgor, 1959.

*Escritores brasileiros contemporâneos — 2ª série.* Organização: Renard Perez (biografias e antologias) [textos de Adalgisa

Nery, Álvaro Lins, Carlos Heitor Cony, Cecília Meireles, Clarice Lispector, Cornélio Pena, Cyro dos Anjos, Dalcídio Jurandir, Gilberto Freyre, Guilherme Figueiredo, Herberto Sales, Joaquim Cardozo, Lygia Fagundes Telles, Lúcio Cardoso, M. Cavalcanti Proença, Mauro Mota, Murilo Mendes, Otto Lara Resende, Otto Maria Carpeaux, Paulo Mendes Campos, R. Magalhães Júnior e Valdemar Cavalcanti.] Textos da autora: fragmento de *A Imaginária* e os poemas "A Mulher Triste", "Presença da Morte", "Repouso" e "Indagação". Rio de Janeiro: Civilização Brasileira, 1971.

*One Hundred Years After — Brazilian woman fiction in the 20 th*, Org. Darlene J. Sadlier [textos de Adalgisa Nery, Julia Lopes de Almeida, Marina Colasanti, Clarice Lispector, entre outras] EUA: Indiana University Press, 1992.

## Traduções

*O jardim das carícias.* [título original: *The Garden of Caresses*], de Franz Toussaint. (tradução de Adalgisa Nery), Rio de Janeiro: Livraria José Olympio Editora, 1938.

*O trono do amazonas - a história dos Braganças no Brasil.* [título original: *Amazon thorne*], de Bertita Harding (tradução Adalgisa Nery), Rio de Janeiro: Livraria José Olympio Editora, 1944.

*Encontro de amor.* [título original: *Grand Canary*], de A.J.Cronin (tradução de Adalgisa Nery), Rio de Janeiro: Coleção Sabedoria e Pensamento, 1954.

*Em busca do amor (A Vida de George Sand).* [título original: *George Sand — The schearch of love*], de Marie Jenney Howe (tradução Adalgisa Nery), Rio de Janeiro: Livraria José Olympio Editora, 1956.

## LP

Disco com poemas de Cassiano Ricardo (Lado A, com 5 poemas) e Adaldisa Nery (Lado B, com 8 poemas), leitura realizada pelos próprios poetas. [capa de Aldary Toledo, direção de Irineu Garcia e Carlos Ribeiro e texto de Valdemar Cavalcanti]. Os poemas de autora: "A consentida", "Ensinamentos", "Poema da Amante", "Carta de Amor", "Eu te amo", "Repouso", "A mulher triste" e "Força".

## Biografia

*Adalgisa Nery — muito amada e muito só*, de Ana Arruda Callado, Rio de Janeiro: Relume Dumará — Coleção Perfis do Rio, 1999.

## Cinema

*Ismael e Adalgisa*. Direção: Malu de Martino. Produção: Clélia Bessa. Intérpretes: Christiane Torloni, Murilo Rosa, Bruno Garcia, Marília Medina, Samantha Nery. Roteiro: Pedro Rosa. Produção: Ricardo Gringo Machado. Produção executiva: Clélia Bessa. Direção de Fotografia: Renato Padovani. Trilha Sonora: André Moraes. Rio de Janeiro, Raccord Produções, 2001, docudrama em média metragem, 35mm, 34min.

## Teatro

*Nu Nery*, dramaturgia de Carlos Correia Santos, com Grupo de Teatro Palha, dirigido por Paulo Santana. No elenco Nelson Borges (Ismael), Arnaldo Abreu Pereira (Murilo) e Abigail Alves (Adalgisa). A primeira montagem (vencedora dos prêmios IAP de Literatura, Funarte Petrobras de Fomento ao Teatro) teve sua estreia em maio de 2006. A trama, levada para o palco pelo grupo paraense, retratava as relações afetivas e intelectuais que o artista estabeleceu com sua esposa, Adalgisa Nery, e com o amigo Murilo Mendes.

## Dança

*Eu em ti*. Dança contemporânea. Inspirado em fragmentos poéticos de Adalgisa Nery e na obra de Ismael Nery. Cia Carne Agonizante (2011). Concepção, direção e coreografias de Sandro Bore. Elenco: Alex Merino, Danilo Firmo, Felipe Guédes, Mariana Molinos, Mariana Gomes e Maíra Barbosa. Estreou dia 9 de setembro de 2011, com temporada no Kasulo – Espaço de Cultura e Arte. *Eu em Ti* é o título do primeiro poema de Adalgisa Nery. O trabalho faz uma alusão ao corpo erótico e santificado, despojado de vida no tempo e no espaço, em busca da preservação dos elementos essenciais à existência, concebendo o ser humano de forma espiritual.

## Entrevistas

Entrevista com Adalgisa Nery. Museu de Imagem do Som, Rio de Janeiro. Interlocutores: Paulo Silveira, Peregrino Jr. e Carlos Drummond de Andrade a 27 de junho de 1967.

Entrevista com Adalgisa Nery. *O Pasquim* (edição 88), Rio de Janeiro. Interlocutores: Cravo Albim, Paulo Francis, Sérgio Cabral e Fausto Wolff p.14-15,11 a 17 mar. 1971.

## Curiosidades

Adalgisa Nery é tia e madrinha da Miss Brasil 1958, Adalgisa Colombo, filha de sua irmã Percília.

Diversos artistas plásticos, poetas, escritores, entre eles Carlos Drummond de Andrade, Mário de Andrade, Manuel Bandeira, Jorge de Lima, Diego Rivera, Candido Portinari, José Orozco e Ismael Nery retrataram diferentes faces de Adalgisa Nery em poemas, crônicas e telas.

Frida Kahlo dedica uma página de seu diário à Adalgisa Nery, na qual escreve o nome da poeta, seguido por palavras iniciadas com a letra "a" (*augúrio, aliento, aroma, amor, antena, ave, abismo, altura, amiga, azul, arena, alumbre, antigua, astro, axila, abierta, amarillo, alegria, almircle, alucema, armonia, América, amada, água, ahora, aire, artista, acácia, ayer, áurea, aviso, ágata, alta, apostol, arból, acierto, arca, arma, amargura.*) e de um desenho em amarelo, com um retrato de Adalgisa encoberto. O diário foi publicado no Brasil pela José Olympio com o título *Diário de Frida — um autorretrato íntimo* (1994).

## Homenagens

Rua Adalgisa Nery, na Taquara, Rio de Janeiro.

Escola Municipal Adalgisa Nery, em Santa Cruz, na rua Professor Eduardo de Aguiar Filho, s/n, Rio de Janeiro.

# FORTUNA CRÍTICA

ABREU, Alzira Alves de. (org.) *A imprensa em transição: o jornalismo brasileiro nos anos 50*. Rio de Janeiro: Editora Fundação Getulio Vargas, 1996.

ANDRADE, Carlos Drummond de. Adalgisa, a indômita. *Jornal do Brasil*, 14 jun., 1980.

ANDRADE, Mário. A mulher ausente. In: *O empalhador de passarinho*. 3ªed. São Paulo: Martins; Brasília, INL, 1972.

BANDEIRA, Manuel; CAVALHEIRO, Edgard. *Obras-primas da lírica brasileira*. São Paulo: Martins, s/d.

CAMPOI, Isabela Candeloro. A trajetória biográfica de Adalgisa Nery: contribuições para a formação da jornalista e deputada. Anais do VII Seminário Fazendo Gênero, 28, 29 e 30 de 2006. Disponível em: <http://www.fazendogenero.ufsc.br/7/artigos/I/Isabela_Candeloro_Campoi_42.pdf >. Acesso em: 11/02/2016.

Adalgisa Nery e a Última hora: do jornalismo ao parlamento da Guanabara. Disponível em: <http://www.historica.arquivoestado.sp.gov.br/materias/anteriores/edicao31/materia03/texto03.pdf >. Acesso em: 11/02/2016.

Adalgisa Nery e as questões políticas de seu tempo — 1905–1980. (Tese de Doutorado em História Social).

Universidade Federal Fluminense, UFF, 2008. Disponível em: <http://www.historia.uff.br/stricto/teses/Tese-2008_CAMPOI_Isabela_Candeloro-S.pdf >. Acesso em: 11/02/2016.

CORDEIRO, André Teixeira. As cabeças voadoras têm vozes dissonantes: Murilo e Adalgisa contam a história de Ismael Nery. *LL Journal*, v. 6, p. 30-45, 2011. Disponível em: <http://ojs.gc.cuny.edu/index.php/lljournal/article/view/654/909>. Acesso em: 11/02/2016.

FUSCO, Rosário. A poesia e o sonho. In: *Vida literária*. S.E.P.: São Paulo, 1940.

KARPA-WILSON, Sabrina. Contemporary Brazilian women's autobiography and the forgotten case of Adalgisa Nery. *Brazil 2001 A revisionary history of Brazilian literature and culture.* University of Massachusetts, Dartmouth, 2001.

LOPES, Ana Boaventura Calderaro. *Adalgisa Nery: Uma poesia marcada pelo gênero.* Modular (Caraguatatuba), Caraguatatuba, v. 1, n.2, p. 21-28, 2003.

*O Papel da Recorrência na Poesia de Adalgisa Nery.* (Dissertação de Mestrado em Filologia e Língua Portuguesa). Universidade de São Paulo, USP, 2004.

O papel da recorrência na poesia de Adalgisa Nery. In: MOSCA, Lineide Salvador. (Org.). *Discurso, argumentação e produção de sentido.* 1. ed.São Paulo: Associação Editorial Humanitas, p. 247-262, 2006.

MATA, Larissa Costa da. Adalgisa Nery: pensando o modernismo entre a experiência e o acontecimento. In: XIII Ciclo de Literatura - Seminário Internacional As Letras em Tempos de Pós, Dourados, p. 01-09, 2009.

*As máscaras modernistas: Adalgisa Nery e Maria Martins na vanguarda brasileira.* (Dissertação Mestrado em Literatura). Universidade Federal de Santa Catarina, UFSC, 2008. Disponível em: <https://repositorio.ufsc.br/xmlui/bitstream/handle/123456789/91407/254825.pdf?sequence=1&isAllowed=y>. Acesso em: 11/02/2016.

_____.*Imaginando outro modernismo: Adalgisa Nery e Nietzsche na vanguarda brasileira.* In: Anais VII Seminário de História da Literatura. Porto Alegre: PUCRS, v. 7 2007.

MELLO, Ramon Nunes. Adalgisa Nery, a musa de várias faces. *Saraiva Conteúdo.* Disponível em: <http://www.saraivaconteudo.com.br/Materias/Post/10336>. Acesso em: 11/02/2016. [Originalmente publicado no Prosa & Verso, *O Globo,* em 19/06/10].

_____. As paixões de Ana Arruda Callado – Escritora reconstrói o olhar feminino a partir de biografias de Adalgisa Nery e Lygia Lessa Bastos. Entrevista com Ana Arruda Callado. Disponível em: <http://www.cultura.rj.gov.br/entrevistas/as-paixoes-de-ana-arruda-callado>. Acesso em: 11/02/2016.

MENDES, Murilo. Poesia católica. *Rev. Anu. Lit. Universidade Federal de Santa Catarina.* Florianópolis, n.9, p. 71-74, 2001. Disponível em: <https://periodicos.ufsc.br/index.php/literatura/article/view/5115/4818>. Acesso em: 11/02/2016.

_____.Um poema. Lendo Adalgisa Nery. *Rev. Anu. Lit. Universidade Federal de Santa Catarina.* Florianópolis, n.9, p.75, 2001. Disponível em: <https://periodicos.ufsc.br/index.php/literatura/article/viewFile/5116/4819>. Acesso em: 11/02/2016.

MILLIET, Sérgio. Dados para uma história da poesia brasileira modernista (1922-1928). In: *Anhembi*, v. I, n. 03, 1951.

RAMOS, Guerreiro. O sentido da poesia contemporânea. In: *Cadernos da Hora Presente*, n. 1, p. 86-103, 1939.

\_\_\_\_\_.Ismael Nery: a circularidade do um do dois e do três. In: *Que fazer de Erza Pound*. Rio de Janeiro: Imago, p. 195-202, 2003.

\_\_\_\_\_.Vampiro masculino ou denúncia de Pigmaleão. In: *Que fazer de Erza Pound*. Rio de Janeiro: Imago, p. 185-194, 2003.

SANT'ANNA, Affonso Romano de. *Masculine vampirismo or the denunciation of Pygmalion. A reading of Adalgisa Nery's* A imaginária. *Tropical paths. Essays on modern Brazilian literature*. Ed. Randal Johnson. New York: Garland, 1993, p. 91-99.

SOIHET, Rachel. Mulheres investindo contra o feminismo: resguardando privilégios ou manifestação de violência simbólica? *Estudos de Sociologia*, Araraquara, v.13, n.24, p.191-207, 2008. Disponível em: <http://seer.fclar.unesp.br/estudos/article/view/875>. Acesso em: 11/02/2016.

SOUZA, Helton Gonçalves de. Muito mais do que uma musa da poesia. *Estado de Minas*, Belo Horizonte, p. 3, 10 jul. 1992.

# PRINCIPAIS FONTES DE REFERÊNCIA E PESQUISA

Fundação Casa de Rui Barbosa [Arquivo Museu de Literatura Brasileira]
www.acervos.casaruibarbosa.gov.br
Arquivo Adalgisa Nery e arquivos e acervos relacionados (Carlos Drummond de Andrade, Murilo Mendes, Lucio Cardoso, Clarice Lispector, Pedro Nava e Manuel Bandeira). Pesquisa realizada em 2010 e 2014.
Templo Cultural Delfos
www.elfikurten.com.br
FENSKE, Elfi Kürten (pesquisa, seleção e organização). Adalgisa Nery - entre as letras e a política. Templo Cultural Delfos, maio/2013. Disponível em: < http://www.elfikurten.com.br/search/label/Adalgisa%20Nery%20-%20entre%20as%20letras%20e%20a%20pol%C3%ADtica >. Acesso em: 11/02/2016.
Enciclopédia Literatura Brasileira/Itaú Cultural
www.enciclopedia.itaucultural.org.br
Portal Portinari
www.portinari.org.br

Este livro foi composto na tipologia Adobe
Garamond Pro Regular, em corpo 13/16,
e impresso em papel off-white no Sistema Cameron
da Divisão Gráfica da Distribuidora Record.